现代名家经典文库。

柔石作品精选

柔石 著

云南出版集团
云南人民出版社

图书在版编目（CIP）数据

柔石作品精选 / 柔石著. -- 昆明：云南人民出版社，2019.7
ISBN 978-7-222-18459-6

Ⅰ.①柔… Ⅱ.①柔… Ⅲ.①中国文学—现代文学—作品综合集 Ⅳ.①I216.2

中国版本图书馆CIP数据核字（2019）第136362号

项目策划：杨　森
责任编辑：朱　颖
装帧设计：何洁薇
责任校对：范晓芬
责任印制：李寒东

柔石作品精选

柔　石　著

出版	云南出版集团　云南人民出版社
发行	云南人民出版社
社址	昆明市环城西路609号
邮编	650034
网址	www.ynpph.con.cn
E-mail	ynrms@sina.com
开本	710mm×1000mm　1/16
印张	16
字数	230千
版次	2019年7月第1版第1次印刷
印刷	华睿林（天津）印刷有限公司
书号	ISBN 978-7-222-18459-6
定价	49.80元

如需购买图书、反馈意见，请与我社联系
总编室：0871-64109126　发行部：0871-64108507　审校部：0871-64164626　印制部：0871-64191534
版权所有　侵权必究　印装差错　负责调换

云南人民出版社微信公众号

前　言

20世纪的中国文坛名家辈出，他们借着"诗界革命""文学革命"的推动，从"五四新文学革命"前后发轫，以白话文学为主导，以思想启蒙为目标，奠定了至今一个多世纪的中国文学的主体形态。

在那样一个社会剧烈动荡、思想文化狂飙突进的年代，众多的文学名家展现出无与伦比、令人惊叹的才情。说到"才"，主要指他们创作中的才华。中国白话文学创作在发端后的短短几十年时间里，诗歌、小说、散文、杂文、戏剧，每一个文学领域都有突破，都有传之后世的经典作品出现，而每一个领域又都涌现出众多的代表性人物。说到"情"，文学前辈们对于国家、民族、民众的挚爱，对于乡土、亲人的眷恋，都通过他们笔下的文字传神地表达出来。"才"和"情"的历史际遇性的统一，是20世纪文学历史上一个突出的特点，也是我们得以继承的宝贵的文学遗产和思想财富。

我们从这众多的文坛名家里首选尤以才情著称的十七位，精选他们的代表性作品，编辑了"现代名家经典文库"。这十七位才情名家分别是戴望舒、胡也频、林徽因、刘半农、庐隐、鲁彦、柔石、石评梅、苏曼殊、闻一多、萧红、徐志摩、许地山、郁达夫、郑振铎、朱湘、朱自清。

选取他们，不仅因为他们的过人才华在文坛上的地位和影响，也因为他们每个人的经历和作品都充满了耐人寻味的"情"的因素，使我们久久品读而不能忘怀。但令人惋惜的是，他们中大多数人的生命之花刚刚绽放便过早地凋零了——石评梅逝世于 1928 年，时年 26 岁；胡也频逝世于 1931 年，时年 28 岁；柔石逝世于 1931 年，时年 29 岁；萧红逝世于 1942 年，时年 31 岁；徐志摩逝世于 1931 年，时年 34 岁……

在阅读他们作品的时候，我们不禁想到，如果他们的生命不是这样短暂，他们又会有多少经典的作品流传下来，又会给我们增添多少精神上的财富。

这套丛书只能说是 20 世纪中国文学史的一个小小的侧面和缩影，因为篇幅的限制，所选取的也只能是每位名家的少量代表性作品，难免挂一漏万，同时，在保留原作品风貌的基础上，我们按照通行标准对原作的部分文字和标点符号进行了修订和统一。

他们的生命虽然短暂，
但他们才华横溢、激情四射，
如历史夜空中一颗颗璀璨的流星；
那一个个令人久久不能忘记的名字，
让我们常常追忆那远去的才情年华……

编　者
2019 年 7 月

目 录

柔石简介 ……………………………………… 1
疯　人 ………………………………………… 1
刽子手的故事 ………………………………… 11
一个春天的午后 ……………………………… 15
V之环行 ……………………………………… 22
人鬼和他底妻的故事 ………………………… 26
会　合 ………………………………………… 44
没有人听完她底哀诉 ………………………… 48
死　猫 ………………………………………… 52
夜底怪眼 ……………………………………… 55
别 ……………………………………………… 58
遗　嘱 ………………………………………… 64
摧　残 ………………………………………… 68
希　望 ………………………………………… 74
怪母亲 ………………………………………… 81
夜　宿 ………………………………………… 86
为奴隶的母亲 ………………………………… 91
无聊的谈话 …………………………………… 113
生　日 ………………………………………… 118
爱的隔膜 ……………………………………… 129
船　中 ………………………………………… 135

他俩的前途……………………………………… 140

一线的爱呀！…………………………………… 153

一篇告白………………………………………… 157

还乡记…………………………………………… 164

三姊妹…………………………………………… 176

盗船中（独幕剧）……………………………… 232

革命家之妻（独幕剧）………………………… 242

柔石简介

柔石（1902～1931），原名赵平复，浙江宁海县人。作家，中国共产党员，左联五烈士之一。

1918年入浙江省立第一师范学校，加入新文学团体"晨光社"。

1920年，与吴素瑛完婚，育有两子一女。

1924年春，在浙江慈溪县城普迪小学任教。

1925年到北京大学旁听，在宁波出版了第一本短篇小说集《疯人》。

1926年春到浙江镇海县镇海中学任教。

1927年回到宁海中学任教。

1928年初，任宁海县教育局局长。

1928年6月在上海结识鲁迅，并发起成立"朝花社"，创办《朝花周刊》。

1929年1月，接《语丝》的编校任务。与鲁迅合编《近代木刻选集》（一）（二）等。创作了长篇小说《旧时代之死》，11月创作并出版小说代表作《二月》，积极参加中国左翼作家联盟的筹备工作。

1930年参与由鲁迅主编的《萌芽月刊》编辑工作，并创作小说《为奴隶的母亲》。同年春天参加中国自由运动大同盟及左联，并任左联常务委员。5月加入中国共产党。

1931年1月17日，因叛徒告密在上海被捕。2月7日牺牲于龙华，为左联五烈士之一。鲁迅曾写《为了忘却的记念》一文，追悼柔石和其他死难烈士。

鲁迅十分欣赏柔石，说："我从他的作品中学到了青春的活力。"

作为一名革命家，柔石把个人命运和国家命运联系起来。他的作品或诅咒现实的黑暗，或歌颂爱情的坚贞，或倾吐个人心头的郁闷，发出了改造世界的强烈呼声。

疯 人

　　事情的发觉在早晨，日中时，他就被逐了！而傍晚，他爱人的死耗传遍我乡。接着，他就发疯了！悲惨而不安定的世界就随这夜幕罩着，在他四周继续了数天，到死神来拉他归阴曹取消了他底罪案时为止！

　　他——是吾乡望族某家书记。就他自己也不知道他底生身父母是谁。自幼即在街坊飘泊。幸（不幸！）于六岁时见怜某家主人于门上，遂收留以养子看待。在当时，当然有一种钟爱，因为他学书学剑，都很有成功。后来以他赋性之高傲与不羁，逆主人耳，遂贬为书记，以此，人也只以书记看他！如是二三年，他不幸的命运，更展拓他底地域了！当然有种种纤少的事故，结成这偌大的苦痛之网；不过最大的，自然要算他和主人底少女底恋爱发觉了！其实，光明正大的恋爱，万无所谓发觉与否，不过在以礼教的兽皮蒙脸者，将何等重大的事哟！

　　疯人我实在没有什么！好像做了一场大梦，晨间起来，人们都变卦了，他们的举动言词，我看来真难受！奇啊！究竟为什么？连我亲爱的朋友，都个个蹙拢他们底眉宇，深深在忧愁叹息，好似世界从此末日般！当我问"你们愁什么？"他们也就垂下头说不出半句来。我就大笑说——美丽的晨光！射到人们的心上罢！射到我爱人的头上罢！——是的，忘记了，久矣不见伊。真奇怪！伊到那里去了？我去找伊，我要去找伊了！

爱人哟，你在那儿？

一天不见你，世界会从我底心中消去了！

他一边歌着，一边向他主人底家里走去。对面他看见一个朋友——是主人底仆人急急忙忙地走来。他扯住了他问道：你何用乎这么跄踉？我底爱人在家么？伊无恙么？请你轻些，赶快告诉我，我要送"阳光"给伊戴在头上，多么美丽呵！阳光戴在头上。

他惘然的手足乱舞起来，好似为他爱人得着光荣一般。然而他的朋友，也只有以眼泪回答他，闷闷地走开了。

疯人一些都使我不懂！碰着亲热的人，个个对我哭泣，和我不相识的人也个个对我忧愁。究竟什么事？我只好呆呆地对他们！而且，我的朋友，郑郑重重地对我说，"你的爱妹早死了！你也竟这样疯下去么？"下半句话我有些不懂，不过"爱妹死了？"这又何稀奇呢？死了？好，好！死了，死了！伊死了，我当然会到伊死后的地方去找，那真好极了！假如我找到伊在一个美丽的天国，月永远是圆的，花永远是香的，清风四季飘着，我同伊住着，多少快乐呢！还有谁来管辖我俩哟？我俩可恣情地谈笑，我俩可率性地游舞，唱痛痛快快的歌，吟淋淋漓漓的诗，还怕谁来窥听而闲说呢？活着的人们底口子，眼睛，耳朵等，真坏哟！是时常——是的，偏说不是的；红的，硬说是绿的；明明一只驴，要喜欢说是马；真坏！一想起我就恨极！多少爱底真和美哟，被他们糟蹋到假和丑了！

他不觉流出泪来，默默的盲目地走，口里还咕咕噜噜地说着，一心想找死了并且就在死的当夜已葬了的伊。但又何处去找呢？到这时疯了已完全一天，在这一天之内，他既没有饮过一口水，又没有吃过一粒饭；清秀俊白的形容，已变成枯槁与憔悴！无限生命之悲哀，正如佛光一般，从他的周身辉射出来。

主人至此，似乎有几分醒悟，此事不该如此，断送了自己底爱女和一个青年。爱情就是生命，破坏爱情，明明证出是戕残生命，但还有何用哟！一个死的已死，一个疯的正疯，而且死神也急急在后呼他。虽忏悔，又有何用哟！

疯人真令我性急！伊究竟到那儿去了？我在伊家墙外环绕了十数圈，眼不转睛的从花园望到楼上窗中，伊底闺阁的一室。窗门总紧紧地关着，竟没有一人来开！阳光从头顶直射下来，这样的白昼，伊莫非还在睡着么。怎的，连伊的影儿都没有！我真彷徨哟！想一脚跳进，粉墙儿又高似青天；撕破喉咙喊，声浪又透不进那坚壁。只自恨，有何法子呢？以后我轻轻地问一个孩子，他告诉我，伊到城隍庙里去了。我立刻跑到城隍庙，但找遍，没见一个人在烧香。认清了一个个菩萨，都不是，不是！我想，伊一定回避了我罢？小孩的话是不会错的。我就在那边等了，但等了一夜，也没有，没有！冷风真可恶，它偏嘟嘟地吹来，使我全身发抖，就是此刻眼睛也还在紧胀胀的痛。

一个陌生的朋友，衣服穿的很破，样子也颇可悯。

但，咳！和我一见如故。因为现在许多人，都和我话不投机了！所以人倒切实想不通，衣服很破，倒反令人很要亲近。他卧在中堂左楹边，天已黑暗，不过月色有一边在天上。我走向他旁边坐下，而且问他："阿哥，我是找我底爱人的，你在这里待谁呵？"

他缓缓地答："我不待谁。"

我强逼问他："你不待谁为什么也在这里呢？冷风多么厉害呵！你不回你暖和的家乡，在这里做什么呢？你一定告诉我。"

他不得已似的说。

"做什么哟！有何待哟！就做的，也是空！就有的，也是死！"

我当时跳起叫道："死？顶好，顶好！将来我们可一块儿死，挽着手到死的天国里去！那边冬季也有蔷薇花，多么美丽哟！"

他似乎我不应当这样的说。他说道："何必如是！你太令人悲伤了！父母生出我们来，本来是大大错误！拿取没爱情的生命之来到世上，好似夏日烈光下无水注灌而枯干的花，安能放葩结子？不过既已如此，我们当一己解释，一己原谅，断祈望，想念，留恋之情，垂首徘徊？两手空空的这和我不相识的世界就是！似你这样，真真当初何必！"

"我该完全裸露我底身体么？向清风呼吸，也难被允许的事么？世界中连一草一石，都为占于强者么？"

"你不该看作小事这么大哟！什么错误，都从狭义的'有'里生出来的！自杀与疯狂，就是最烈的表现！"

我于是想着了问："谁有长剑？敬借一支，杀完世上一切而成了空。最后，杀了自己，好么？"

他摇摇头叹了一口气说："这当然是好，不过这是一个梦！"

唉！人类真真误谬哟！除爱情外，世上还有什么存在的东西呢？他们偏抢"无"以为"有"，而且抢别人底"无"以为己"有"何苦！你们快快割掉你们底心脏罢！

他请我睡，我何尝要睡呢？我不过辗转我底身体，在冷冰冰的石上朦胧地过了一夜就是。

他更疯癫的异样了。

忽然，不知从何人手里假来一件袈裟，十二分得意地穿起，赤着两脚，在大街小巷里走。此外还有一串念珠，一面小旗——上书着一"爱"字，系他亲笔，口里大声唱着歌。大人们只有表示摇头的意义，许多小孩子，爱他悦耳，跟在后面学：

　　天上有云，地上有草，人间有伊，我向伊道：

　　你即是云，你即是草；

　　望草永青，望云永皓。

　　云同天长，草共地久，天长地久，颂伊不朽！

　　遇着妇人他就对她道：你要什么？你饭可不吃，衣可不穿，"爱"字不可偷偷地被她漏去！因为除了"爱"，人间一切都是"空"，世上什么都是"死"，请你有便，通知我爱人一声，望伊谨守着"爱"，不久，我将去接受她了。——聪明的妇人，对他说个"是"，他就似有无限光荣一般，跳着舞着；假如一声不响的走了，他就唱起这首歌，挥袖扬长而去了。

　　疯人在西关外，松林里寻得许多好花；红、黄、白，何等美丽哟！伊见到不知如何喜欢呢！我托朋友带给伊，不过，朋友的话，很奇怪！他说"我为你撒在她底坟上罢！""她"，是否即"伊"？"坟"？什么东西呵？这名词在我脑中好新鲜而使我打一寒战！"坟上"，"她底坟上"，"撒在她底坟上"，一堆好听的词句，我一些不懂，一些不懂！我当时急着对他说，"劳你拿去罢，还不要给伊爸爸看见，他要抢去踏碎的！"真好，他也就为我拿去了。

　　朋友们商量医救他的事，他正走来。一个朋友说：

　　"事情太悲伤了！这样下去，究竟怎样好呢？一个虽葬了，一个总望他复原。"

　　他这时真似一个先知，知道了此事之于他，他嚷着说："与其复原，不如早些葬了！假如给我以空的生命，不若赐我

一实的死！你们能获益于我底肉体，而你们不能造福于我底灵魂，你们反是我底仇人罢？你们加我苦痛太深了！不过，伊确是化云升天，入地变草，你们有何法子呢？假如你们能请得医生，令草复为伊；请得道士，令云复为伊，那我愿割股以报你们！然你们又有何法子去请呢？省一笔事，空话不讲，祝你们晚安！我要到城隍庙里寻破衣的朋友算生命之帐去了。"

朋友们个个摇摇头，再议了一番，通过医救的案子，也纷纷走了。

破衣的朋友，微笑着迎他，而他一见着即启口狂喊：

"我底空的影呵！假如你在我已到之前未来时，我将何等抱怨于你哟！而我自己呢，也匆匆地摆脱了许多的缠绕，到你蓝色视线之里来。"

这时破衣者，慢慢地取出残杯冷炙，放在石地上。再取出二只酒杯，一只置于身前，一只放在他的前面。提起酒壶，斟满了白酒，怡怡然似与世无忤般答道："假如你不抱怨我——请你先不抱怨于一切！一切于我何尤哉！"

他恍恍惚惚地说道："眼见爱人的灵魂入闶时，他可不毁灭他底肉体趋与一救么？"

一边举起酒杯，一口喝尽。

"你真何苦要这样自扰呢？你须知至精无形，至大不可围，太阳永远没有太阳自身的影子，何苦你要据微弱渺小的形影而自尊呢？多少悲剧，都从这里演现出来！明白举个例，即如这残杯，也是爱情底夭折的苦汁！你知道么？你在滋润你喉咙的滋味，就是祭奠你身外之血的情人底美馔哟！你该明白而悔悟了。分得一瓢羹，在你我之间——或者会有第三人也在取咦。但我全没觉得，好像地球是眼前刹那间才辟成一样。以此故能安然在肚。否者，非特不饱，将从此饿死矣！请你原谅我——你明白也好，不明白也好，不过总望你记得'世界以前全没一回事'就是。"

疯人心里的火焰，随他底话渐渐轰烈，这时已高冲万丈了！面如纸白，全身疏松的灰一般，唇齿战战地问道：

"我底爱人真在天上么？"

"天是空空的！"

"我底爱人，真在地下么？"

"地是坚坚的！"

"那么，我底爱人，真在人间消灭了么？"

"若你以为不消灭时，谁也不能强伊出人间一步！"

"一切神祇哟，你们何必厚于我！"

趁着微弱的月光，他箭一般地飞出门外。破衣者立即跳起追逐，已不知他底去向了！但不能不寻求，冀救他生命于万一。

他——破衣者，深自懊悔。本欲以一切皆空之理，提起他迷陷在情爱之渊里的苦痛。所以昨晚探得他在城隍庙里的消息。也向这里来作一夜谈话。以后，穿起袈裟，挂着念珠，似乎是他一分醒悟之趋向。但还是手执"爱"字小旗。故今夜早来，欲再进一解，使他了悉人世，忏悔余生，再享受几年生命空空之乐。不料他深信"爱"之外，一无所求；万物纭纭，惟有一"爱"！听这过激的爱情死亡的消息就猛然舍弃酒馔而追求这永不回来的情物！所以这回飘然而去，除出得到死神之报告不幸的引诱之惨死的事实发现外，别无所有！

灰色的月光照在脸上，显出无限的悲哀，泪珠在脸上，也急急欲堕！他低头叹息，不得不收拾残杯，踏影去寻求这万不免于死亡的疯物。

疯人请万物站开！莫令我裹足！我必须寻求我底爱人到我生命底最后一秒。不过，东是大海，南是深林，西是高山，北是荒漠，往何处找？往何处找哟！仰首叩天，天阍难见；低头觅地，地府难通。唉！天呀！莫非终我一生，除了葬身鱼腹外，不见有一纤痕迹之存在么？生命之壳果里，除出挖取些甘美的果肉之爱情外，还有什么东西呢？一副贱壳，一副贱壳，弃在路边，豕犬要啮你肉，鹰鹫要啄你肠，谁也要呕你，谁也要呕你！你该值一文钱么？爱人呀，你不回来时，青山绿水消灭了，春风秋月停止了，"一点"也空虚了，"半霎"也断绝了。从此，"我"无了，无了，呀！爱人呀，你快回来罢！你快回来救我罢！一个临于"无"的可怜的孩子在叫呀！我求你，万一你在天上时，你插翅飞下罢！万一你在地下时，你缩地走上罢！假如，你在恍恍惚惚的天涯，或在渺渺茫茫的地角，也望你鼓力之来到我底眼前罢！爱人呀！为何没声没息，不回头垂念呀？你永睡着了罢？你长眠着了罢？你从此"已矣"了罢？那你也有三魂，那你还有七魄，你竟忍心不一顾你底垂死的孩子么？唉！月色雾露，压住我底肩很重，我再难前行了！我蹲着呀！

阴寒荒寂的旷野，疯人颓然蹲着。是时万籁俱静，只有疏星闪烁，似替他叹息。

在他底耳朵里，隐隐地起了一种歌声，清脆婉转而悲哀的歌声，是他爱人底歌声！

疯狂的哥哥哟！
你来到我底怀中罢！
你是我生命底至尊，
你是我生命底至宝——

你的心儿如皎洁的秋月，
　　你的身儿如素丽的冬雪，
　　你如方开的花，
　　你如初飞的鸟，
　　你如始生的婴儿，
　　你快来到我底怀中罢！
　　我将饮你以甘肥，
　　我将衣你以轻暖，
　　我将令你永远甜甜的睡着哟！
　　你快来到我底怀中罢，
　　疯狂的哥哥哟！

　　他微微昂起头猛然见伊羽衣飘飘的在他前面。轻歌着，曼舞着，还似温温微笑着。他即刻跳起，举张两手，如饿虎扑山羊般捉去。可怜呵，仍是捉不到什么。伊，依然在前面招手他！

　　一个袅娜的影从容飞着。

　　一个枯槁的形踉跄追着。

　　追完了旷野，走入一片森林里——树荫落在地上面缤纷地舞，他俩如流星般踏着过去，好似一幅仙女渡凡黎的悲惨画图！

　　一转眼，身前是一条汪洋的大河，波涛汹汹的。他明明白白地看见，伊仍是轻歌曼舞着踏浪而去。他，至此大喊道："爱人哟！你若坚决不回来，我将破江流而追逐了！"

　　从此一声飞浪，人随流水长逝矣！

　　疯人失踪的消息，又哄然传遍我乡。有的说他潜逃他处，有的说他削发为僧，还有的说某家秘密捕回去了。人人猜疑不绝，唯也只是将猜疑放在几分的悲念中过去；那有人知道他悲惨的真事，而诚诚举以一番追悼。

唯有这破衣的朋友，虽当夜搜寻一夜不得，却洞悉颠末于胸中。故于次日，即购鱼一尾，肉一脔，馒头三只，香烛一副，冥纸锡箔数千，至旷野中，向着西方奠祭，并洒泪而歌曰：

维人世之多悲兮汝独为极！

奈爱情其真即生命兮谁又为识！

一切俱亡兮而今而后，

愿安汝于天国兮与世长息。

一九二四年八月二十五日

刽子手的故事

"当然！我未杀过头以前，呀，这是天下第一桩残酷的事，可怕呀！可怕呀！和你们现在想的一样。——实在——"

一个黑胖秃头，裸着上身的汉子，高声自得地说，一边大喝了一口酒。——这是第三斤酒了。人们围着他，挨满了这一间小酒店，有的坐，有的立，有的靠着柜台，有的皱着眉，有的露着齿，有的……竖起他们的耳朵静听着杀人的故事。

店之外，就是酷热的夏天午后。阳光用它最刻毒暴忿的眼看着人间。

那汉子又喝了一口酒，晃一晃两颗变红的眼珠。放轻喉咙续道："实在，你们不要当作大事看，杀下一个人的头，是毫没什么的！而且容易，容易，比杀一只老鸭容易。"

接着又大喝一口酒。很像这喝口酒是他讲话里的换气，和乐谱里画上"V"符号相似。

"杀一只母鸡，你们有经验的，挣扎的很；假如割不断它的血管，更不得了，吓死小孩，吓死女子，明明死了，会立起来追人，呀！杀鸭是不是常常碰到这样的？杀人呢，断没有这种祸，断没有什么的，只要你刀快，在他后背颈一拍，他头立刻会伸直，一挥，没有不算数的！头一伸直，头骨更脆了，刀去，是和削嫩笋一样，仅仅费些敲碎泥罐的力，这头就会'噗！'应声跌下。所以'杀头要拍后背颈'是刽子手的秘诀！"

一边又大喝了一口酒，一边叫道："再打半斤罢。"

又晃一晃两颗变红的眼珠，扬扬自得地说道："有一回，是我杀头最出奇得意的一回,听呀,那个强盗呢,也是好汉,身体和猪一样肥,项颈几乎似吊桶。临上法场的时候,他托我,'大哥!做做好些。'我说,'磨了三天刀,怎样?'他脸色一点不变答,'好!你手腕不可松,这是第一!'临杀了,我刀方去,我又在他后颈一拍——实在他自己已伸很直了,不用我拍,我戏他说,'不酸么?要凉快,还……'他强声喝,'快来!'但说时迟,那时快,他'快'字刚叫出,我立刻一刀去,他头立刻在三步之前,还说'来!'人们看呆了,而更呆,是我的刀上,一点血也没有,一点血也没有!以后,顽皮的孩子在我背后喊,'杀人不见血,下世变好好!'我一些觉不到什么,这岂不是和游戏一样!"

一边又连着喝了几口酒。

一班听众,个个在热里打寒,全身浮上一种怕,汗珠在他们额上更涌出来。屋里全是酒气和热气,但他们仍不走开,好似他们对他是一个铁笼里的猛兽,他愈喊,人们愈愿跑去看。

这时,立着有一个黄瘦的中年人,他们说他"内功拳"很有研究的,开口问道——因这时没一个人敢同他说话。

"你没有一刀杀不落头,要好几刀才杀落的事么?"

"有呀,碰到一回。那真苦死我焉!就是杀那个老红,老红强盗,不知怎样,臂膀不灵,刀去好似碰着钉子一般,只进了半个,吓死人,吓死人,他立刻手脚乱舞起来,尽力挣扎起来,口里吐出血来,以后知道他痛到咬碎舌头!眼珠也裂了,挂出来,全身立刻变作烤茄一般青,呀,要夺我刀了!我的弟兄,都预备着枪,但我奋起生平的力,一砍,再一砍,他大叫了一声,于是头落地了!看的人个个逃,有几个几乎死去!呀,我以后也好几夜梦老红和我作对,但总觉得没有什么。做人有什么呢?"

末句他加重地说。好似人生的意义，就是杀人的游戏。一边又喝了一口酒。

静寂了几秒钟。那个黄瘦的人又问道——他问时眼斜斜地向人们瞧了一瞧，好似很凶恶有理由一般。

"你究竟怎样杀第一个人？"

"呀！难说，难说！"

一边他又在喝酒，但酒已完了。

"再打半斤么？"店主人问。

"也好。"他说。

一边摇了两摇头，好似打划什么似的。一边用了一条发汗臭的手巾，揩一揩脸上和身上的汗。

酒打来了，他又大喝了一口。

"你们想不到，我自己也想不到，一个人会杀起人来。——这其间很似有定数般的！"

他又止住，一回又立起来，用扇子扇了扇屁股，又重坐下。

"阎罗叫我杀人，我逃不了不杀人，否则，第一案子为什么会发生呢？哈，有趣！"

他们仍是一声不响听着。虽则脸上所表出的悲乐不同，却同一的汗珠挂在额上。

"想一想你们不知道么？——宣统三年的三月里，金臣川老爷的第四个姨太太和他第一个儿子，是不是忽然同死的么？虽则有谣言，死得太奇怪，人疑是臣川老爷谋害的，他们二人生前很相好，死后也同葬一块，怎样没有可疑的痕迹呢？但谁知啊！天！现在我说罢，是我杀死的！正是三月初三夜半更！阎罗簿上注定的，一个24岁的少爷，一个22岁的姨太太，花一对的人，做我开锋的刀下鬼了！"

他们又一齐起悚起来。而他又大喝了一口酒续说道："那

夜火神庙的戏，正演的热闹。我因为没有去看戏，坐在杀人老郑的家里——他去看戏了。我想走，而臣川老爷气死急死地跳进门，一手捻着一盏灯笼，一见我，立刻一手捻着我，拉我出去。他认错我是老郑了，就将这笔要杀人的生意，重重地交托我，使我推辞不得，说也奇怪，我一个从来没杀过人的人，突然听了十来句的话，说有200元钱，'杀人的狠'就立刻会冲上心来！当时呢，他只说一仆一婢，想谋害他，他并没说是儿子和妾。我呢，就回拿了刀，立刻喝了半斤烧酒，什么也没有了，不想了，不怕了，好似现在一样，一个杀人的老手。算命先生说我那时有地煞星照到，真一点不错。当杀了以后，也到各处流离了一月，也有些捣鬼的样子。现在想起，一些没有什么！杀人是一些没有什么的事情，简直和玩一样。否则，我看杀人和你们现在一样，杀一个强盗是2元钱，前清倒还有4元——你们会干么？"

个个惊骇了！没一个人敢说一句话。一刻以后，还是那个黄瘦的人问了一句。

"你看杀人时的人，不是人么？"

"什么人不人，"一边接连地喝完了酒，付了钱，打算走了，续说道，"和猪羊差不多的。"

他去了。

他们哗然说起来了。有的说金臣川用心太黑，杀了儿妾，且教一个从未杀过人的人，去走上杀人的路，所以背生毒疮而死。有的说这种人是地煞星，良心铁换的，下世一定要变好好。而那黄瘦的人却慢慢地说："当杀人是件游戏，世界是没法变善了！"

一九二五年七月三十日

一个春天的午后

这是一个春天的下午,阳光的泼辣是毫无情面地激动着上帝底儿女们。人类底隐约的心被蠕动了,萌芽了,似不能忍制的匍匐青草地下底毒蝎一样。

紧张而凶恶的空气中,气喘着他和她二人,在一间宽阔的书房般陈设的房内。阳光还是照着满地的和使人踏着软软的地毯一样。

她在他底眼里,当然是一位可怜的无依的姑娘,20岁而智识又仅仅有限的弱女子。现在,他是用人类底同情心来保护她生活下去,尊重她底不可预卜的前途,还希望由他底手间接地递给她以无量的幸福。而她看他呢?他是一位完全有学问的可信托的"先生",而且有了妻和子的"男子";虽则年龄告诉她,他也还正在青春的阶段上留宿,但总是一位可尊敬的几乎等于偶像一般的"人"了。

这时女用人送进一封信来,他接过一看就交给她——两人是背面坐着做事的——一边微笑地向她说:

"你底,不知是谁写的。我希望在这里面封着爱你的高贵而真挚的心。"

"我也还有信么?——先生不要说笑话罢。"

她欢欣地一笑,信底封口就被剪刀裁开了。

但她读这信是完全苦痛的,纠葛好似突来的火焰,焚烧着她底心屋,她气愤,暴怒,而且哭泣了。

"怎么一回事？"他不能不停笔，由狐疑而奇怪地问她。

"先生，我们女子生来就应该被人欺侮的么？我不愿爱他，也值得别人来骂我没人格么？男子永远想做女子底父亲么？"

她随即将信一条一条地撕作纷片；他一时默然。

他跟她同移坐到床边，她底泪在她底眼角上，他将他底手帕递给她，同时说："拭了罢，算他来了一张白纸就完了。为这一点小事要流泪，你底前途的泪要用蓄水池蓄着才好。一笑置之，介意他犯不着。"

"先生，他骂我住在你家里是堕落的行为，同时又骂我批评熙是我堕落后的事实表现。我亦何曾批评熙，不过是说：我和他是不会发生爱情的，请他以后不要片面地再给我以肉麻的信。这就算没人格吗？一定要依他以前所说，这个春天搬到熙底家里去住——去补习——他说熙底家里房子大，人口多；莫非住在房子大的人们底家里，就保持得人格了么？他又不是我底父亲，不听他底话就没有人格？——先生，我气极了！"

"随他去说罢，你真还是一个孩子。"

"先生，我一定要写信去责问他，他所说的可是负责任的话！"

"随他说去罢，是毫无意思的。"他蹙着眉似心内受着疼痛地说。

"不肯，"他扭一扭身子，"这关系我底人格，也关系你底的！"一边垂下他底头。

"先拭了泪罢；朋友们偶一来看见，以为我和你斗嘴了，不好意思的。"他仍递过手帕去。

她向他横瞧一眼，受过手帕，没心思地拭了一拭眼泪。泪

· 16 ·

还在她底眼角上，第二场的泪了；胸膛一起一伏地紧紧呼吸着，低头坐在他底前面。

——因为她和我同住，别人就骂她没人格，我是吞人的狼么？——他深深地回味到这几句话底意义上来了。

——现在，她岂不是坐在我底前面么？而且妻已带了孩子到娘家去了。

这样他突然地呼吸急迫起来，一边更苦痛地默默地沉思起来。

他底眼望着窗外的青天，他底心想着一种人类底神秘的关系，普遍的，有力的。什么呢？他不能明显地说出来。总之，他提着笔，呆着，许久没有写下一个字。

她当然也觉察出这种滋味的盈溢了，空气似温香的温泉一般漾涤着她底周身。她抬起她刚落下的泪眼向他问：

"先生，这封信也妨害了你么？"

"我是毫不介意的。"

他无心的眼不瞬地答。

"那你为什么这样呢？"

"什么？"他微笑，同时眼注视着她。

"你，你，你无聊罢？"

她讷讷地说不出地问了。

"我思我底谜，请你演你底代数题目罢！"他语气严厉地，好似理性嘱咐他应这样的回答。

但她底代数题目演的没有一题对的，完全错了，完全错了！在第一行底 X^3 到第二行会写作 $3X$；$25Y$ 乘上 12 会等于 $30Y$。他微皱着眉说："25 乘 2 已经是 50 了，现在乘 12，倒反只 30 了么？"

"呵，先生，落掉一个圈了！"

她大笑起来。

"你底心呢？我要打你底手心。"

她底脸很红，同时他将她底手握住很紧。两人默默半分钟，同时两人听着各人底心底跳动。

"不要算了罢，我们随便谈一回好了。"

"你也不做事么？"

"我似乎也无心做事了。"

南风从窗外吹进来；春天底温存与滋味同时就带进来，美丽底火焰烧着各人底脸孔，火焰底力也激荡着各人底心内。这时他向她问："你究竟怎样呢？"

"我倒一点没有什么，"她表面冷淡地答，"也因我不想起，前途，希望，一点不想起。假如一想起，我还能坐得安定么？东海早已是我底归宿处了！现在，先生是不会吝惜我底一口饭的，我觉得非常快乐。我在先生底翼下受各种的指导，过着和平而有进步的时间，我幸福极了。"

"假如我底生活眼前没有变化，那么你可以坐在这里等待你心爱的人到来牵你走出这门外。万一我底生活变动了——因为我现在的地位有动摇的倾向，那么你也再跟我回到乡下去住不成么？"静默一息，又说："不要悲伤，我们应讨论点事实问题，不要为感情的冲激将事实抹煞了。我，终究是你底先生，在先生这一点的力量上，我是可以绝对帮助于你的；不过你底，你也不需要你底爱么？"

她立刻睁大眼睛，气馁地叫："先生！"

"什么？"

"你按一按我底胸罢！我全身感到沸腾了！"接着，她眼珠迸裂的忿恨地叫："什么是爱！还有什么是爱！除了先生对于我！"

她将她底头紧靠在他底肩膀上，气几乎塞住呼不出来。他一手搂着她底头一手压在她底胸上。但这是无力来制止她底苦痛。

他从她底头发起，眼光一直从眼，鼻子，口，溜下去，经过他底手放着的胸部，到腿，到两脚。他觉得无论如何，她底美丽是令人心醉的。——但他能爱这心醉的美丽么？或者，只要他那时向她说一句"我领受你"，同时轻轻地向她底腰肢一搂，她底无力的绵羊似的一切，就会立刻供献给他了。但他是绝对没有理由可做她底爱人，也再没有权利可收受她底爱而使未来底苦痛来谴责他们了。

"那么怎样下去呢？"他暗暗地自问，"莫非我利用这个机会来欺负她一回么？呀，就应该将她底前途看得明白！"

她还是沉思地伏在他底肩膀上，将蜕化了一般，一动没有动。

"我当从此看出人类底理性来。也当从此看出我自己底理想与尊严来。莫非我尊重少女底青春，是弱者底行为不成么？还是旧传统底遗害使我不能解放的呢？哼，哼，完全不是！她现在是有被我侵夺的可能；在这可能中我却估计着她神圣的青春底价值，同自己底人格的色彩来！"

这样，他推动她底肩，慢慢地说："妹妹，我想出去走一回，你继续演习数题罢。"

于是她没精打采地走到她那把椅边去。

"先生，你到那里去呢？"

"你去吗？我们同去散步一回。"

"我不去，我似乎很无力。"

"鼓起一点勇气来，不要这样柔弱罢。你们女子都是被这种柔弱弄糟糕的！"

"你有些愤怒么？"

"不，我为什么愤怒？我不过自己觉得此刻有些无聊。"

"那么你去散步一回很好。"

"又不想去。"

"为什么？"

"独自一人去散步也是无聊的。"

"师母又走了。"她似妒忌而讥笑地说。

"你说什么话？我从来有和她同去散步过一回么？"

这样两人又深深地陷入于荒凉的国土中了。

房内底空气是更紧张的异常。一种不能宣泄的春情之毒焰，在他底身内身外延烧着。

这时，他就从写字台上无心地拿来一张剃刀片，他恨恨地将它啪的一声折作两段了。他似要从各方面找寻发泄他底愤激的路，但他底愤激却仍从各方面向他紧逼拢来。

他一边将断刀片在手掌上往还地刮，一边想起了他底妻！

"但眼前是一位处女，一位完全纯洁的处女！"

他想，他立刻心肠如绞索地，万重的罪恶加在他头上一样，随手，他用力将断刀片向手掌上深深地一割，一条约一寸长的裂痕，就神速地喷出血来了！他两眼不瞬地注视着这血。

"先生，怎么？"她惊急地问，跑近他。

他似从睡梦中醒回来一样，苦笑着脸答道："我玩出血来了。"

满手是血的手捧在她底两手内。血涌着不止，由她底手指间溜下，涔涔地滴在地上。她仓皇地不知所措，只不住地向他问："痛么？痛么？"

他苦笑地说："你也割它一下罢！究竟痛否？"一息又自语的。

"这血真美丽呀！无穷的美丽呀！有谁知道这美丽是值多少价值呢！"

她用橡皮膏与绑布捆着他底手，捆的像锣槌一样。疲倦而苦笑地睡着。地板上的血是斑斑的。

阳光依旧泼辣的，春之毒气仍向人间到处的飘流。但在这座房内，血已经洗得它们宽弛，倦息，而冰冷了。

一九二八年八月

V之环行

每餐晚饭后，V必定从他的寓所D西一弄出来，绕过东M路转弯，兜一个圈子回来。

这个圈子约一千数百步，假如走得快，不消五分钟就够了，但V却费了30分钟，才是他满足的需要的时间。

从6时10分左右出来，到6时40分左右返寓——这已成了他的习惯与规则了。

表面的理由是饭后散步。

他走的慢极了。低下头，长头发披到两耳及肩，两手放在背后，长衫只长到膝盖，而裤脚倒拖到皮鞋后跟，似蔽盖他的破袜似的。他一步一步地走，好像十分无心，又像十分有力的。体态有些飘然，又有些庄重。这样，同寓的人叫他哲学家；现在又叫他为诗人了。

兜全个圈子，他都用这个沉思的绵密的垂头的态度，唯有这三处，他不能不变动一下样子了。

东M路的转角处，有一家小糖食店。管理这店的是一位头发斑白的老婆婆，年纪约60岁以外。她是非常地和气，对什么顾客都是语轻轻地微笑着。V有饭后吃几块糖的习惯，因此，当他绕到这里的时候，他就向这小店买了八枚铜子的四块糖。V是不喜欢说话的，他买糖的时候也只用指在糖瓶内一指。而这位聪明的老婆婆，却见他买过三次以后，就认识主顾了。见V走来，她就笑迎着，用她落了齿的下巴向上钩，一边揭开糖瓶的玻璃盖，任这位冷静的顾客拿取。这个买卖是非常公平的，顺利的，有意思的，而且准时刻板的。

　　不过在Ｖ的散步中，算个第一回的扰乱他的脚步罢了。

　　再北过去有一家烟纸店。这已是冷静偏僻的街道了，而这烟纸店里的一位中年商人，却时刻忙碌着，好像生意是非常的兴隆似的。Ｖ的准时的踏过门口，必定抬起头来向店内的红色电灯光下看一看这位脸色天天在转换的商人。——看他有时坐在账桌前把着算盘子算账，统计他一天的收入，样子是像煞有介事，非常严重而剥削地。他在算盘上加上一个子，就好像在他全部的人生上加上一分幸福的保障似的。而有时则愁容满脸，呶呶不休，大概对他的一位白脸的小学生泼了火油或卖进铅角的反应。手指着这样，又指着那样，好像命令这位小学生要在三分钟以内，什么都要收拾的成就了一样。而有时则见他怡然地泰然地坐在柜台前面的一把高椅上，一手放在靠背后，一手执着纸烟，纸烟的烟在他的耳根缭绕着。脸色也润滑微红，眉眼间真显出生命已经满足而得所了的颜色。Ｖ这时，必定抬冷眼看一看他，心想："他是一位王呀；他自以为是一位店国之王呀！生命在他再也没有问题了。"

　　但烟纸店的门口经过是很快的，他也随手仍垂下头去了。

　　于是他行到西一弄对过后面的Ｘ里了。这是他最愿意走过的一块地，好像环行全世界的旅行家定要经过罗马似的。他无意间被牵动了，引诱了，使他饭后的散步成为不断的，准确的，心愿的，实际说一句，或者就是这个力驾驭着他罢了。当他走到这Ｘ里的时候，一定有三位美丽的小姑娘，和一位清秀的小弟弟在里口游戏着，歌唱或嬉笑的——四对小手对拍着，四个小脸对看着呢！三位小姑娘，一位约16岁，她的胸前已经怀着两朵可爱的绣球花。一位约13岁，她常穿着红色的半身的长衫，露着她的两腿和小脚。一位约10岁，是一位很肥白的小囡，脸，身小，两臂，都似天鹅绒裹在里面似的。小弟弟约14岁，学生装，革履，十分英俊活泼，这样，V很像鸦片上瘾一般对她们起了兴奋了。他停止了两足，看她们在门前活动，她们好似花园中小朵的玫瑰，她们也似动物园内的伶俐的金丝雀。她们的唱歌的声音，震动着V的心弦起一种温柔愉美的跳跃；她们的游戏的姿态，竟在V的眼内作起春天的烁动了。当初，V和她们还不过是过客的偶视，以后，也由注意到了互相微笑了。于是V之散步到此，不能不作一个目的的表示，他的头微斜了一斜，慧光之眼轻轻做笑了一笑。

这样的环行，从开始，一天，二天……竟一月，二月，经过三个月了。除有一次大风雨，将这个黄昏完全吞落去以外，V从没有间断过一天。

但是奇迹与哲理开始发现了。

三四辆救火车停止在那家烟纸店的门首，喷水管猛力地向店内注射。这家烟纸店的一切货物，就被火神劫取光了，仅留一间店面。

"这位店国之王呀，又不知怎样地改变他命运的意向了！"

V想。事实是实在的，从此，这位商人就没有昂然地自得的态度，他不过皱着眉，在灯下柜前呆立罢了！

继之，那位糖食店的老婆婆不见了。糖几次由别人的手递给他，V很不乐意地接受过来。以后无法的问。

"你们这位老婆婆那里去了？"

"唉，先生，她死了！"

"死了？"V大骇。

"是，她算是过去了！"

店内的人答。V就沉思起来。从此也就不再吃他的糖。

这样，V沉思的低头的散步，更低头而沉思了。"命运"，

"生死",这是偶然的么?在V的心内萦环着,来代替微笑的买糖与抬头冷眼之一看了。

但环行还是环行的,不过提早十分钟回寓罢了。

最近的不久,一天不见了X里口的三位小姑娘了,第2天也不见,第3天,第4天,一星期到了,小弟弟小姑娘们,她们是天使一般,杳无影踪的飞呀,飞呀,不知飞到何处去了!V走过她们的里口,只回想四个活泼可爱的影子,在他脑内,也在门前空空地闪动罢了。

如此,V的环行之愿完全消失了。变做沙漠上的旅行,冰冷的,孤寂的。

勉强支持着盼望过半月以后,一天,他回寓向他的同伴们说:"我要搬家了。"

"为什么?哲学家。"一位奇怪地问。

"住不下去,我要搬家了。"

V的语气是凄凉的。于是又一位追问:"那为什么呀?诗人。"

"总之,"V答,"变故不绝地来,环境改更了,我的思路也断了!"

"什么意思呀?"

"命运,死生,迅速地变迁——过分扰乱了我的心曲。"

"又是什么一回事?你是一位哲学家,这些念头是会随着你搬到那里去的。"

"不,我无心在这里住下去了。被困在这个不是书本上范围内的问题中,我苦痛极了。"

朋友们默然。

V的环行,就到此终结。

一九二八年八月三十日

人鬼和他底妻的故事

一

谁都有"过去"的，他却没有"过去"。他不知道自己活了多少年了，他的父亲在什么时候离开他而永不再见的，并且，他昨天做些什么事，也仅在昨天做的时候知道，今天已经不知道了。"将来"呢，也一样，他也没有"将来"。虽则时间会自然而然地绕到他身边来的，可是"明日"这一个观念，在他竟似乎非常辽远，简直和我们想到"来世"一样，一样的缥缈，一样的空虚，一样的靠不住。但他却仿佛有一个"现在"，这个"现在"是恍恍惚惚的，若有若无的，在他眼前整齐的板滞的布置着，同时又紧急地在他背后催促着，他终究也因为肚子要饿了，又要酒喝，又要烟抽，不能不认真一些将这个"现在"捉住。但他所捉住的却还是"现在"的一个假面，真正的"现在"的脸孔，他还是永远捉不住的。

他有时仰头望望天，天老是灰色的非常大的一块，重沉沉地压在他底头顶之上，地，这是从来不会移动过的冷硬的僵物，高高低低地排列在他底脚下。白昼是白色的，到夜便变成黑色了；他也不问谁使这日与夜一白一黑的。

他也好像从没有见过一次红艳的太阳，清秀的月亮，或繁多的星光——不是没有见，是他没有留心去看过，所以一切便冷淡淡的无关地在他眼前跑过去了。下雨在他是一回恨事，一下雨，雨打湿他底衣服，他就开口骂了。但下过三天以后，他会忘记了晴天是怎样一回事，好像雨是天天要下的，在他一生，也并不稀奇。

此外对于人，他也有一个小小的疑团——就是所谓"人"者，他只看见他们底死，一个一个放下棺，又一个一个抬去葬了，这都是他天天亲手做着的工作，但他并没有看见人稀少下去。有时走到市场或戏场，反有无数的人，而且都是从来没有见过面的，在他底身边挨来挨去，有时竟挨得他满身是汗。于是他就想，"为什么？我好像葬过多少人在坟山上了，现在竟一齐会爬起来么？"一时他又清楚地转念，"死的是另一批，这一批要待明年才死呢！"这所谓明年，在他还是没有意义的。

二

他是N镇里的泥水匠，但他是从不会筑墙和盖瓦，就是掘黄泥与挑石子，他也做的笨极了。他只有一件事做的最出色——就是将死人放入棺中，放的极灵巧，极妥帖，不白费一分钟的工夫。有时，尸是患毒病死的，或死的又不凑巧，偏在炎热的夏天，所以不到三天，人就不敢近它了。而他却毫不怕臭，反似亲爱的朋友一般，将它底僵硬的手放在他自己底肩上，头——永远睡去的人——斜偎在他底臂膀上，他一手给它枕着，一手轻轻地托住它底腰或臀部，恰似小女孩抱洋囡囡一样，于是慢慢地仔细地，唯恐触着它底身体就要醒回来似的，放入棺里，使这安眠的人，非常舒适地安眠着。这样，他底生活却很优渥地维持着了，大概有十数年。

他有一副古铜色的脸；眼是八字式，眼睑非常浮肿，所以目光倒是时常瞧住地面,不轻易抬起头来向人家看一看;除了三四位同伴以外,也并不和人打招呼;人见他也怕。有时他经过街巷,低下头,吸着烟,神气倒非常像一位哲学家,沉思着生死问题。讲话很简单,发了三四字音以后,假如你不懂,他就不对你说了。

他底人所共知的名字是"人鬼",从小同伴们骂他"三分像人,七分像鬼",于是缀成一个了。他还有母亲,是一位讨厌的多嘴的欺骗人的老妇人,她有时向他底同伴们说:"不要叫错,他不是人鬼,是仁贵,仁义礼智的仁,荣华富贵的贵。"可是谁听她呢?"仁贵人鬼,横直不是一样,况且名字也要同人底身样相恰合的。"有时不过冷笑的这样答她两句罢了。

三

但人鬼却来了一个命运上的宣传,在这空气从不起波浪的N镇内,好像红色的反光照到他底脸上来了。说他有一天日中,同伴们回去以后,命他独自守望着某园地的墙基,而他却在园地底一角,掘到了整批的银子。还说他当时将银子裹在破衣服内,衣服是从身上脱下来的,上身赤膊,经过园地主人底门,向主人似说他肚子痛而听不清楚的话,他就不守望,急忙回家去了。

这半月来,人鬼底行径动作,是很有几分可以启人疑惑的!第一,他身上向来穿着的那套发光的蓝布衫裤脱掉了,换上了新的青夹袄裤。第二,以前他不过每次吸一盅鸦片,现在却一连会吸到三盅,而且俨然卧在鸦片店向大众吸。第三,他本来到酒摊喝酒,将钱放在桌上,话一句不说,任凭店主给他,他几口吞了就走;而现在却像煞有介事地坐起来,发命令了,"酒,最好的,一斤,两斤,三斤!"总之,不能不因他底变异,令人加上几分相信的色彩了。

有时傍晚,他走过小巷,妇人们迎面问他:"人鬼,你到底掘到多少银子?"

而人鬼却只是"某某"地答。意思似乎是有,又似乎没有,皱一皱他底黑脸。妇人或者再追问一句:"告诉我不要紧,究竟有多少?"

而他还是"某某"的走过去了。

妇人们也疑心他没有钱。"为什么一句不肯吐露呢?呆子不会这样聪明罢?"一位妇人这样说的时候,另一位妇人却那样说道:"当然是他那位毒老太婆吩咐他不要说的。"于是疑窦便无从再启,纷传人鬼掘到银子,后来又在银子上加上"整批的"形容词,再由银子转到金子,互相说:"还有金子杂在银子底里面呢!"

四

人鬼底母亲却利用这个甜上别人底心头的谣言了。她请了这 N 镇有名的一位媒婆来,向她说:"仁贵已经有了三十多岁了,他还没有妻呢。人家说他是呆子,其实他底聪明是藏在肚子里的。这从他底赚钱可以知道,他每月真有不少的收入呵!现在再不能缓了。我想你也有好的人么?姑娘大概是没有人肯配我们的,最好是年轻的寡妇。"

"但人鬼要变作一镇的财主了,谁不愿嫁给他呀!"媒婆如此回答。

事情也实在顺利,不到一月,这个姻缘就成功了。——一位二十二岁的寡妇,静默的中等女人,来做人鬼底妻了。

她也有几分示意，以为从此可以不必再愁衣食；过去的垃圾堆里的死老鼠一般被弃着的命运，总可告一段落了。少小的时候呢，她底命运也不能说怎么坏，父亲是县署里的书记，会兼做诉状的，倒可以每月收入几十元钱。

母亲是绵羊一般柔顺的人，爱她更似爱她自己的舌头一样。她母亲总将兴化桂圆的汤给她父亲喝，而将肉给她吃的。可是十二岁的一年，父亲疟病死了！母亲接着也胃病死了！一文遗产也没有，她不得不给一个农家做养媳去。

养媳，这真是包藏着难以言语形容的人生最苦痛的名词，她就在这名词中度过了七年的地狱生活。一到十九岁，她结婚，丈夫比她小四岁，完全是一个孩子气的小农夫。但到了二十一岁，还算爱她的小丈夫，又不幸夭折了。于是她日夜被她底婆婆手打，脚踢，口骂，说他是被她弄死的。她饿着肚子拭她底眼泪，又挨过了一年。到这时总算又落在人鬼底身上了。——命运对她是全和黄沙在风中一样，任意吹卷的。

当第二次结婚的一夜，她也疑心："既有了钱，为什么对亲戚邻里一桌酒也不办呢？"只有两枚铜子的一对小烛，点在灶司爷的前面，实在比她第一次的结婚还不如了！虽则女人底第二次结婚，已不是结婚，好像破皮鞋修补似的，算不得什么。而她这时总感到清冷冷，那里有像转换她底生机的样子呢？后来，人鬼底母亲递给她一件青花布衫的时候，她心里倒也就微笑地将它穿上了。接着，她恭听这位新的婆婆切实地教训了一顿——

"现在你是我底媳妇了，你却要好好地做人。仁贵呢，实在是一个老实的又听话的，人家说他呆子是欺侮他的话，他底肚子里是有计划的。而且我费了足百的钱讨了你，全是为生孩子传后，仁贵那有不知道的事呢？你要顺从他，你将来自然有福！"

　　她将话仔细思量了。

　　第三夜，她舂好了米，走到房里——房内全是破的：破壁，破桌，破地板——人鬼已经睡在一张破床上面了。她立在桌边，脸背着黝黯的灯光，沉思了一息："命运"，"金钱"，"丈夫"。她想过这三件事，这三件事底金色与黑脸，和女人的紧结的关系。她不知道，显示在她底前途的，究竟是那一种。她也不能决定，即眼前所施展着的，已是怎样！她感到非常的酸心，在酸心里生了一种推究的理论——假如真有金钱，那丈夫随他怎样呆总还是丈夫，假如没有金钱，那非看看他呆的程度怎样不可了。于是她向这位"死尸底朋友"，三天还没有对她讲过一句话的丈夫走近，走近他底床边，怯怯地。但她一见他底脸，心就吓的碎了！这是人么？这是她底丈夫么？开着他底眼，露着他底牙齿，狰狞的，凶狠的，鼾声又如猪一样，简直是恶鬼睡在床上。她满身发抖了，这样地过了一息，一边流过了眼泪，终于因为命运之类的三个谜非要她猜破不可，便不得不鼓起一点勇气，用她女性的手去推一推恶鬼底脸孔。可是恶鬼立刻醒了，一看，她是勉强微笑的，他却大声高叫起来，直伸着身子。

　　"妈！妈！妈！这个！这个！弄我……"

　　她简直惊退不及，伏在床上哭了。隔壁这位毒老太婆却从壁缝中送过声音来，恶狠而冷嘲的："媳妇呀，你也慢慢的。他从来没近过女人，你不可太糟蹋他。我也知道你已经守了一年的寡，不过你也该有方法！"

　　毒老太婆还在噜苏，因为她自己哭的太厉害，倒没有听清楚。但她却又非使她听见不可一样,狠声说:"哭什么,夜里的哭声是造孽的!你自己不好,哭那一个?"

五

一个月过去了。

人鬼总是每夜九点十点钟回来,带着一身的酒糟气,横冲直撞地踏进门,一句话也没有,老树被风吹倒一般跌在那张破床上,四肢伸的挺直,立刻死一般睡去了。睡后就有一种吓死人的呓语,归纳起意思来,总是"死尸","臭","鬼","少给了钱"这一类话。她只好蜷伏在床沿边,不敢触动他底身体,唯恐他又叫喊起来。她清清楚楚地在想——想到七八岁时,身穿花布衫,横卧在她母亲怀里的滋味。忽而又想,银子一定是没有的,就有也已经用完了,再不会落到她底手中了。她想她命运的苦汁,她还是不吃这苦汁好!于是眼泪又涌出来了。但她是不能哭的,一哭,便又会触发老妇人的恶骂。她用破布来揩了她自己底酸泪,有时竟辗转到半夜,决计截断她底思想,好似这样的思想比身受还要苦痛,她倒愿意明天去身受,不愿夜半的回忆了。于是才模模糊糊地疲倦的睡去。

睡了几时,人鬼却或者也会醒来的,用脚向她底胸,腹,腿上乱踢。这是什么一回事呢?人鬼自己不知道,她也怕使人鬼知道,她假寐着一动也不动。于是人鬼含含糊糊地说了几句话,又睡去了。

天一亮,她仍旧很早的起来,开始她破抹桌布一般的生活。她有时做着特别苦楚的事情,这都是她底婆婆挖空脑子想出来的。可是她必须奉她底婆婆和一位老太太一样,否则,骂又开始了。她对她自己,真是一个奴隶,一只怕人的小老鼠。

六

不到一年，这位刻毒的婆婆竟死掉了。可是人鬼毫没两样，仍过他白昼是白色，到夜便成黑色了的生活。在白色里他喝着一斤二斤的黄酒，吸着一盅二盅的鸦片；到黑色里，仍如死尸一般睡去。妻——他有时想，有什么意思呵，不过代替着做妈罢了。因为以前母亲给他做的事，现在是全由妻给他做了：补衣服，烧饭，倒脚水。而且以前母亲常嚷他要钱，现在妻也常嚷他要钱。这有什么两样呢！

但真正的苦痛，还来层层剥削她身上底肌肉！婆婆一死，虽然同时也死掉了难受的毒骂和凶狠的脸容，然而她仍不过一天一回，用粗黑的米放下锅子里烧粥。她自己是连皮连根的嚼番薯；时节已到十月，北风刮得很厉害了，她还只有一件粗单衣在身上。她战抖地坐在坟洞似的窗下，望着窗外暗惨的天色，想着她苦汁的命运，有时竟使她起一种古怪的念头："如果妈妈还没有死，我现在总不至于这样苦罢。"但又转念："妈妈死了，我也可以死的！"

死实在是一件好东西，可以做命运的流落到底的抗拒——这是人生怎样不幸的现象呵！

她的左邻是一家三口，男的是养着一妻一子，30多岁的名叫天赐，也是泥水匠，然而是泥水匠队里的出色的人。他底本领可是大了，能在墙上写很大的招牌字，还会画出各样的花草，人物，故事来，叫人看得非常欢喜。他有时走过人鬼底门口，知道她坐在里面流泪，就想："这样下去，她不是饿死，就要冻死的。"于是进去问问她，同时给她一些钱。后来终于是想出了一个方法来，根本的救济她衣食。他和她约定，由他每天给她两角钱，这钱却不是他自己出底，是由他从人鬼底收入上抽来的。就是每当丧家将钱付给人鬼的时候,他先去向主人拿了两角来,算作养家费。人鬼是谁也知道他一向不会养家的,所以都愿意。当初,人鬼也向主人嚷,主人一说明,就向天赐嚷,被天赐骂了几顿之后,也就没有方法了。

这个方法确是对。她非常黄瘦的脸孔,过了一月,便渐渐丰满起来,圆秀的眼也闪动着人生的精彩,从无笑影的口边也有时上了几条笑痕了。她井井有条地做过家里的事以后,又由天赐的介绍,到别人家里去做帮工——当然她的能力是很有限。生活渐渐得到稳定,她底模样也好看起来,但在这绕着她底周围全是恶眼相向的社会里,却起了一个谣言,说:"人鬼的妻已经变做天赐的妻了。"天赐也因为自己底妻的醋意,不能常走进她底门口,生活虽然还代她维持着,可是交给她钱的时候,已换了一种意义,以前的自然的快乐的态度,变做勉强的难以为情的样子了。

七

一天傍晚,天赐底妻竟和天赐闹起来:"别人底妻要饿死,同你有什么关系?你也知道你底妻将来也要饿死,你如此去对别人趋奉殷勤么!"天赐也不愿向她理论,就走出门,到酒店去喝了两斤酒——他从来没有喝过这样多的酒,可是今晚却很快地喝了,连酒店主人都奇怪。他陶然地醉着走出,一边又不自觉地向人鬼底家里去。人鬼不在家;他底妻刚吃了饭在洗碗。她放下碗,拿凳子来请他坐时,天赐却仔细地看了她,接着凄凉地说道:"我为了你底苦,倒自己受了一身的苦了!你也知道外边的谣言和我底女人的吵闹么?"

她立刻低下头,变了脸色,一时说不出话来,眼里也充满了眼泪。天赐却乘着酒力，上前一步，捏住她底手——她也并不收缩——说道："一个人底苦，本来只有一个人自己知道，我们底苦，却我和你两人共同知道的！好罢，随他们怎样，我还是用先前的心对付你，你不要怕。好的事情我们两人做去，恶的事情我们两人担当就是了。你不要哭！你不要哭！"

他说完这几句话，便又走出去了，向街巷，向田畈，走了大半夜。

她也呆着悲伤地想："莫非这许多人们，除一个天赐之外，竟没有一个对我好意的么？"

八

这样又过去了半年，人鬼底妻的肚子终于膨大起来了。社会上的讥笑声便也严重地一同到她底身上。

人鬼，谁也决定他是一个呆子，不知道一切的。可是又有例外，这又使一班讥笑的人们觉得未免有些奇怪了。

人们宣传着有一天午后，人鬼在南山的树下，捉住一只母羊，将母羊的后两腿分开，弄得母羊大叫。于是同伴们跑去看见了，笑了，也骂了。人鬼没精打采地坐在草地上，慢慢底系他的裤。一位小丑似的同伴问他道："人鬼，你也知道这事么？那你妻底肚皮，正是你自己弄大的？"

可是人鬼不知道回答。那位小丑又说道："你究竟知道不知道做父亲呀？抛了白胖的妻来干羊做什么呢？"

人鬼还是没有回答。那小丑又说："你也该有一分人性，照顾你年轻的妻子，不使她被别人拿去才好呀！"

人鬼仍然无话的走了。他们大笑一场，好像非常之舒适。

后几天，一个傍晚，邻家不见了一只母鸡，孩子看见，说是被人鬼捉去了。于是邻妇恶狠狠地跑到人鬼底家里,问人鬼为什么去偷鸡。这时人鬼卧在棉被里,用冒火的眼看看邻妇,没有说话。他底妻接着和婉地说道:"他回家不到一刻,你底鸡失了也不到一刻。他一到家就睡在床上,怎么会拿了你底鸡呢?"

邻妇愤愤地走上前,高声向他问:"人鬼,你究竟有没有偷了我底鸡?孩子是亲眼看见你捉的。"

而人鬼竟慢慢地从被窝里拿出一只大母鸡来,一面说:"某,某,它底屁股热狠呢。"

邻妇一看,呆的半句话也没有。他底妻是满脸绯红了。

"天呀!你要把它弄死了!"邻妇半晌才说了一句,又向她一看。拿着鸡飞跑回去了。

但这种奇怪的事实,始终不能减去社会对她的非议的加重。结果,人鬼底妻养出孩子来了,而且孩子在周围的冷笑声中渐渐地长大起来了。

孩子是可爱的,人鬼底同伴底议论也是有理由的。他们说小孩底清秀的眉目,方正的小鼻和口子,圆而高的额,百合似的身与臂腿,种种,都不像人鬼底种子。孩子本身也实在生得奇异,他从不愿人鬼去抱他,虽则人鬼也从不愿去抱他。以后,他一见人鬼就要哭,有时见他母亲向人鬼说话也要哭,好像是一个可怕的仇人。有时人鬼在他底床上睡,他也哭个不休,必得母亲摇他一回,拍他一回,他才得渐渐地睡去。竟似冥冥中有一个魔鬼,搬弄得人鬼用粗大的手去打他,骂他:"某,某,你这野种!"他底妻说:"你有一副好嘴脸,使孩子见你如同夜叉一样!"

闹了一顿才罢。但这不幸的孩子,在上帝清楚的眼中,竟和其余的孩子们一样地长大起来。现在已经有了五岁。

九

造物的布置一切真是奇怪。理想永远没一次成功的,似必使你完全失败,才合它底意志。人鬼底妻有了这样的一个孩子,岂不是同有了一个理想一样么?她困苦寂寞的眼前,由孩子得以安慰;她渺茫而枯干的前途,也由孩子得以窥见快乐的微光。希望从他底身上将她一切破碎的苦味的忍受来掩过去,慢慢地再从他底身上认取得一些人生真正的意义来了。每当孩子睡在她底身边,她就看看孩子,幻想起来。她想他再过五年,比现在可以长了一半,给他到平民学校去念两年书,再送到铺子里去学生意。阿宝——孩子底名——一定是听话的孩子,于是就慢慢地可以赚起钱来了。或者机会好,钱可以赚的很多,因为阿宝将来也一定是能干的人,同天赐一样的。于是再给阿宝娶了妻,妻又生子。她一直线的想去,将这线从眼前延长到无限的天边,她竟想不出以后到底是怎样了。于是她底脸上不自觉地浮上笑纹,她底舌头上也甜出甘汁来了。

一天傍晚,人鬼踏进门,就粗声叫:"某,某,打酒!"

一边拿了脚桶洗脚。这时孩子在灶后玩弄柴枝,见人鬼这样,呆着看他。他底母亲在灶前烧饭,也没有回答他。人鬼就暴声向孩子骂起来:"某,贼眼!"

她知道事情有些不好,就向孩子说:"阿宝,你拿了爸爸底鞋来,再到外边去玩。"

孩子似乎很委屈地走出门外。

一刻钟后,人鬼自己去打了两斤酒来,放在灶边一张小桌子上就喝。她也一面叫,一边将饭盛在碗里了。

"阿宝,好吃饭了。"

但这小孩坐在桌边一条板凳上,不知什么缘故,却不吃饭——往常他是吃得很快的，而现在却只两眼望着人鬼底脸，看他恶狠狠的一口口地喝酒。他母亲几次在他身边催："阿宝，快些吃饭！"又逗他，"阿宝，比比谁吃得快，阿宝快还是妈妈快。"但无论怎样，总不能引起阿宝底吃饭心来。他似乎要从人鬼底脸上看出东西来，他必得将这个东西看得十分明了才罢。但人鬼底脸上有的什么呢？罩上魔鬼的假面具罢？唉！可怜的孩子，又那能知道这些呢！只好似恶星照着他底头上，使他底乌黑的两颗小眼珠钉住人鬼底脸纹看。忽然，他"阿哟！"一声，就将小手里捧着的饭碗，落在地上去了，碗碎了，饭撒满一地。他母亲立刻睁大眼睛问："阿宝！你怎样了？"

可是阿宝却只"妈妈！妈妈！"向他母亲苦苦地叫了两声。她刚刚弯下腰去拾饭，人鬼已经不及提防地伸出粗手来，对准小孩底脸孔就是一掌，小孩随着从板凳跌下，滚在地上，大哭起来了。

他母亲简直全身发抖起来的说不出话去抱起小孩，一时拍着小孩底背，又擦着小孩底头上，急迫地震着牙齿说："阿宝，阿宝，那里痛呵？"

而阿宝还是"妈妈！妈妈！"苦声的叫。她饭也不吃了，立刻离开桌，到她底房内去。将阿宝紧紧地搂在胸前，摇着他，一手在他背上轻轻地拍。小孩还呜咽着，闭了两眼，呼吸也微弱了，不时还惊跳地叫"妈妈！痛呵！"

人鬼仍旧独自在那里喝酒，吃饭，一碗吃了又一碗，半点钟后，她见人鬼已经死猪一般睡在床上了。她忍不住了，向他问："你为什么这样狠心打小孩？你究竟为什么？阿宝犯你什么呢？你从那里得了一股恶气却来向小孩底头上出？你究竟为什么呀？"

人鬼突然凶狠的咿唔地说:"某,谁都说是野种!某,我要杀了他!"

她真是万箭穿心!似乎再没有什么可怕可伤心的话,在这"野种"二字以上了。她立刻向人鬼骂,虽然她是一个非常懦弱的女人:"你可以早些去死了!恶鬼呀!不必再和我们做冤家!"

但人鬼又是若无其事一般的睡去了。

十

小孩在被打这一夜就发热,第二天就病重了。以后竟一天厉害一天,虽经他母亲极力的调护。终于只好向天赐借了两元钱,请了一位郎中来,虽然在药方上写了些防风,荆芥之类,然而毫无效验,她请了两回以后,也就无力再请了。后来又因为孩子常在发热中惊呼,并且向她说:"一个头上有角的人要拉我去,妈妈,你用刀将它赶了罢!"的话,她又去测了一个字。测字先生说是小孩的魂被一位夜游神管着,必得请道士念一番才好。她又由天赐底接济去请道士来。但道士念过咒后,于小孩还是徒然。于是她除了自己也天天不吃饭不睡觉的守着,有时默祷着菩萨显灵保佑以外,再没有什么方法了。

这样两个月,看来小孩是不再长久了。她也瘦的和小孩一样。

一天下午,天气阴暗得可怕。小孩在床上突然喊着跳了起来,她慌忙去安慰他,拍他,但样子完全两样了。这小孩已经不知道他母亲说什么话,甚至也不认识他底母亲了。他只是全身发抽,两眼紧闭着,口里呜呜作咽,好像有一种非常的苦痛在通过他底全身。

她知道这变象是生命就将终结的符号。她眼泪如暴雨般滚下，一时跑到门外，门外是冷清清地没有一个人，又跑回房内推他叫着儿子，可是儿子是不会答应了。她不知道怎样好，如热锅上的蚂蚁一般，想跑去叫天赐，问他有无方法可使孩子再活几时。可是天赐和人鬼一同做工去了，她又不知道他们是在什么地方。她只是在孩子耳边叫，小孩一时也微微地开一开眼，向他母亲掷一线恩惠的光，两唇轻轻地一动，似乎叫着"妈妈"，但声音是永远没有了。

她放声大哭，两手捶着床，从此，她底理想，希望，是完全地被她底儿子携去了。

邻近有几个女人闻声跑过来，一个更差了一位少年去叫人鬼。这时天将暗了，也该是人鬼回家的时候。

一息，人鬼果然回来了，在他后面，懊伤地跟着天赐。人鬼走到小孩底尸边，伸出他前次打他的手向脸上一摸，笨蠢地发声道："某，死了！"

接着是若无其事一般，拿脚桶洗脚。——他对于死实在看得惯了，他不知每年要见过多少的死尸，像这样渺小的一个，又值得什么呢。

天赐也走到小孩的尸边，在他额上吻一吻，额上已冰一般冷了。他想，没有方法。又看一看正在窗边痛哭的她，同时流了几滴泪，叹了一声，仍然懊伤地出去了。

人鬼洗好脚，走到灶边一看，喊："某，吃饭！"

她简直哭的死去，一听这话，却苏醒地大骂了："鬼！孩子是你打死的！你知道不？就是禽兽也有几分慈心，你是没有半分慈心的恶鬼！你为什么不早去死了让我们活，一定要我们都死了让你活呢？恶鬼……"

人鬼终究还是毫无事似的。知道饭是没有吃了，就摸一摸身边，还有几个角子，他一边叫："某，回来去抛。"

一边又走出门外去了。

　　房内只剩着伤痛的母亲和休息的小孩。一种可怕的沉寂荡着屋内，死底气味也绕得她很紧很紧。天已暗了，远处有枭声。她也无力再哭了，坐在尸边回想——从小父母是溺爱的，一旦父母死了，自己底人生就变了一种没有颜色的天地。人鬼是她底冤家，但赖天赐底救济与帮忙，本可稍慰她没有光彩的前途，而现在，小孩被打，竟死了！——她想，所谓人间，全是包围她的仇敌之垒，好似人类没有一个是肯援救她的救兵，除了天赐。但天赐也竟因她而受重伤了！她决定，她在这人类互相残杀的战场中，是自己欺骗了自己二十八年！现在一切前途的隐光完全吹灭了，她可以和孩子同去，仍做他亲爱的母亲去养护他，领导他。除出自杀，没有别的梦再可以使她昏沉地做下去了。

　　这样，她一手放在孩子底尸上，几乎晕倒地立了起来。

十一

　　天很暗了，人鬼酒气醺醺地回家来。推进门，屋里是漆黑的，而且一丝声音也没有。他"某，某，"地叫了两声，没有人答应。于是自己向桌上摸着一盏灯，又摸了一盒洋火，一擦，光就有了。但随即在他身前一晃，他只好放直喉咙喊了："某！某！某！吊死！吊死！吊死！"

　　邻里又闻声跑过来，天赐是第一个。他一眼望见她挂在床前，便不顾什么，立刻将她解下。但很奇怪，小孩的死尸竟裹在她底怀中。她底气已经没有了。她还梳过头，穿着再嫁时人鬼底娘给她的那件青花布衫。用麻绳吊死的，颈上有半寸深的青痕，口边有血。

邻里差不多男男女女有十多人，挤满了门口和门外。

屋内也有四五位年纪大些的在旋转，都说，似乎叹息而悲哀地："没有办法了！死了！"

人问人鬼，有没有出丧的钱呢，人鬼说方才还有两角，现在是喝酒吃饭用完了。他们倒反而笑起来。于是商量捐助；而人鬼似乎以为不必，到明天背她们母子向石坑一抛，就可以完事，不费一个钱的。邻居都反对，说是石坑只可抛下婴孩，似她母子是使不得，必须做一圹坟，安慰她困苦了一世。人鬼是没有话说，天赐却忍不住了，开口说："同呆子有什么商量呢！当然要做一圹坟，你们不必费心，一切丧费我出。就在明天罢！"

十二

第二天，一具松板的油漆的棺材，里面睡着一位母亲和孩子，孩子卧在母亲底身边，上面盖着一条青被，似非常甜蜜地睡去了。棺材被另两个年轻泥水匠抬着——一个就是前次在南山嘲弄人鬼的小丑，此刻是十分沉默了。——人鬼和天赐都低头跟在棺后面，天赐手里捻着冥纸与纸炮，人鬼背着锄。在棺前，还有一人敲着铜锣，肩着接引幡，锣约一分钟敲一下，幡飘在空中。七人一队，两个死的，五个活的，很快地向着乱草蓬勃的山上移动了。

路旁有人冷笑说："她倒有福，两个丈夫送葬。"但是悲哀她的人似乎也很多。

晚上，人鬼从葬地回来，走进门，觉得房子有些两样了，似被大水冲过一样。他有些不自在；他是从来没有不自在过的，所以不多久，终于觉着，"死了"，"葬了"，"完了"。仍和往常一样，拿脚桶洗脚。

以后，他还是喝酒，抽烟，放死人在棺内，过他白昼是白色，到夜便成黑色了的生活。不过连"某"字也很少了。走进酒店，仍将钱放在桌上，店主人打酒给他，他仰着头喝了就走。饿了，走进饭店去，也一声不响地将钱放在桌上，饭店主人也以最劣等的饭和菜盛给他，他也似有味无味地吃完了。以后，他除出给人家将死尸放下棺，帮人家抬去葬，于是自己喝酒抽烟以外，和人们的接触也很少了。有时，他也到他妻子的墓边坐一回，仿佛悲痛他先前对待她的错误似的，但又似乎还是什么也没有。不过些微有个观念，"死了"，"葬了"，"完了"。

天赐经过这一次变故以后，心也受了极大的打击，态度也不似先前之和善，令人乐于亲近了。除出认真的照常工作以外，对于别人底消息一概不闻不问。他想到："人只有作恶的可以获福，做好人是永远不会获福的。"但他也并不推究那理由。以他的聪明，不去推究这个理由是可惜的。

此外，一班观众和喜欢讲消息发议论的人，倒更精彩，更起劲，更有滋味一般，谈着"人鬼和他底妻的故事"。很久很久以后，还是一谈到人鬼和他底妻，就大家哗然地说，"这真是一件动听的故事呀。"

一九二八年九月十六日

会 合

阿翠是凤翔里著名的私娼。在她的房内，有一位身体肥胖的男子，年约四十岁，穿着绸的马褂与缎的长袍，昂然挺着他的胸腹，坐在一把安乐椅上吸着雪茄烟。烟气一口口地从他的口里喷出来，一圈圈地上升，成一种青色的云雾的样子。一边他心里这么计算："我又兼了多个差使，正薪虽然不过每月多了130元，然而额外的进款，至少八九倍正薪总有的，哈，哈，哈。"

一边他又在房内大声的叫："阿翠！阿翠！"

随即，一位十八九岁的美貌的姑娘跳进来，她袅着身子，叫一声老爷。

"你在那儿？"他问着，吸了一口烟，骄傲的样子，"我想将麻布巷那座房子买来怎样？"

她跳到他的膝上，撒娇地说："买它来，王老爷，买它来。"

他一边就眼眯细的将香烟塞在她的口内，好像不许她再说似的。一边用手摸到她的腿上。

突然，门口出现了一位二十六七岁的青年，一身漂亮的西装，立着。王老爷一眼看见便发呆了，两人一动也不动，各用眼睛钉一般彼此盯视着。王老爷的心动荡的想：

"这人就是李——做什么？……莫非来报仇吗？……"

阿翠赶紧跳到青年的前面，叫道："李少爷，进来，这位就是王老爷，现在政府里做大官，都是自己人呢。"

同时又转过脸向王老爷说:"王老爷,李少爷是革命家,从前是党员,现在是委员,也是大官呢。"

王老爷马上立起来,同他打一个招呼,说:"李先生,你怎会到这里呢?"

"怎会到这里?我正要问你,你还能捉我去吗?哼!"

那青年又惊诧,又愤怒,恶声地反问。

王老爷和气起来,近于谦卑地说:"是,是,是,李同志,请坐,请坐。这里又香又暖,我们坐坐谈谈罢。过去究竟是怎么一回事呢?"

抱着一肚子旧仇新恨的李少爷,愤愤地在一只沙发上坐了下来。王老爷献一支香烟给他,阿翠马上忙着划火柴,给他点着。王老爷自己也换了一支香烟,两人对坐着吸起来。阿翠左右为人难,站了一忽儿,便溜了出去了。

房间内陷入一种沉默而带着严肃的状态。

李少爷低着头,皱着眉,他回想起一年前,他被军阀捉去,现在眼前的人,便是当时军阀手下的走狗,要枪毙他的人。李少爷抬起眼来向他狠狠地注视了一眼,看见他现在是满脸笑容了,但是当时呀,当他在法庭上审问他时呀,他的相貌是那么的凶,他的声气是那么的恶!他一点也不容情,一定要判决枪毙他,他站在堂下在绝望中是多么的苦……

李少爷想到这里,一股愤恨不平之气从他的心底涌起来,他把剩下的半截香烟狠狠地掷到痰盂里去。

王老爷眼瞪瞪地看着他,似乎窥见了他的心事。"哈,哈,李同志,你有什么心事呀?"他狡猾地问。

李少爷并不作答,愤愤地又拿了一支香烟,猛吸起来。房间里依然是一种严肃的沉默。王老爷用他的阅历丰富的眼睛,

不绝地看看李少爷的脸色，看看窗外的天色，他好像在思量着要解决什么难事似的。

忽然，王老爷放声高唤了起来："哈哈，李同志，你知不知道我们这一次国民革命成功的道理吗？"

李少爷心里有点诧异，但他仍不睬他。

"原来就是中庸之道呀！"王老爷深深吐了一口青烟，一字一顿地解说他的道理，好像是开导一个顽皮的孩子似的："是的，就这两个字呀！你以前的态度是太过激了，谁都说你是共产党，我们指摘你的地方也在赤化。现在，你好了，你当然是我们党的忠实同志。我以前是帝国主义；现在，也好了，我当然也是我们党的忠实同志。所以革命成功的意义就在这一点……"他又吐了一口烟："你们以前是个太新的青年，现在是倒退一步；我们以前是太旧的老年，现在赶上一步；我们都成了信奉总理遗嘱的党员。这就是所谓中庸之道呀。我们中国人的精神，国民性，就在中庸二字。所谓不偏不倚，不太过，不太多。你以前太过，我以前不及。现在好了，我们同努力于三民主义，已经中庸了。照此做去，孔子的道理，孙中山先生的方法，何患国不强？何患家不富？何患洋人不服？何患倭奴不死？哈，哈，哈，李同志，你以为何如？"

青年听得莫名其妙，但仍闷声不响，他又向青年横一横眼说："譬如这种地方，是我们以前常来玩玩的；现在李同志也来玩玩，很好的，这就证明我的中庸的理论之确实。"他顿了顿，吁了一口气说："人生几何，寻些快乐是应当的。"

这时青年的脸上略微露一点微笑，但马上仍旧回复到严肃的神色，仍一句话也不说。他又问："李同志有什么高见？"

"没有什么。"青年懒懒地答。

"我们还是寻点快乐罢。我们以后是同党的同志了。李同志,我们打四圈牌何如?"

"……"青年并不回答可否,但是王老爷马上便高声叫起来:"阿翠!阿翠!"

当阿翠应声进来的时候,王老爷便吩咐她道:"我和李先生要打牌,你再去唤一个妹妹来。"

2分钟后,阿翠便把桌子放好。泼喇一声,136只牙牌倒在桌上。那又香又暖的房间里,接着便劈拍劈拍地响起来,其间还常常杂着得意,欢笑,懊恼,怨艾的语声,但这种语声只从三人发出的,那李少爷是除了作劈拍的牌声而外,一言也不发的,他总是没有别人那么高兴,也可以说是一点也不高兴的。直到他和了一副三番,那时,他对面的王老爷恰做着第三次的头家。他才哈哈大笑,兴高采烈了起来,似乎他从前的一切仇恨统都在这一副三番的牌中报复了,同时,他还得到了桌子下面阿翠的一条火热的腿搁到他的膝上来,更添加了他不少的兴致。

一九二八年十月

没有人听完她底哀诉

尖利的北风。巍峨古旧的城下。一位五十多岁的老婆子,坐在地上,哭她生命末路的悲哀:"天呀!命呀!我底苦痛呀!"哭声有了半小时。

几个孩子听得悲伤。向城门边跑去。他们都是住在城脚的茅舍中的穷孩子。在这北风中,也还穿着单裤,破夹衣,没有鞋子。

可是他们都同情地围在她底面前。盯住眼睛看她涌流出来的大泪。食指放在口里,不发笑声。

老婆子继续哭道:"天呀!命呀!我底苦痛呀!"

三四个贵胄式的妇人走进城来。也听得她哭声悲哀,驻足问她道:"老婆子,什么事?"

老婆子也就诉说:"太太呀!可怜可怜我罢!我有一个60岁的白发的丈夫,我还有三个儿子……"

于是贵妇人们互相一笑。

有的说:"还说可怜可怜她呢!我只有一个儿子,她倒有三个。"

有的说:"她还不满意,她底丈夫已经陪她到60岁了。我底丈夫陪我到五十岁就死去。"

一边说着,一边走远了。

眼前仍留着几个孩子,呆呆地。老婆子又哭。

"天呀!命呀!我底苦痛呀!"

哭声又过去半小时。

一班学生走出城。他们也听得她哭声的凄怆，驻足问她什么事。老婆子继续诉说道："少爷呀！可怜可怜我罢！我底大儿子，前年22岁。兵爷打仗，将我底儿子拉去搬炮弹。可怜从此就没有回来了！一年，两年，我底眼睛望花了。可怜从此就没有回来！……"

悲哀噎住了她底喉咙。没有等她说完，学生们气愤愤地昂头走散。

有的叫："我们应当反对战争！"

有的叫："我们应当提倡非战论！"

有的叫："战争的罪恶呀！落到老婆子底身上了！"

可是她底眼前，仍是几个孩子。老婆子又哭："天呀！命呀！我底苦痛呀！"

哭声又连续半小时。

几个农人从田野中进城。他们也听得她哭声的酸悲。

放下锄问她什么事。

老婆子带泪继续哭诉道："兄弟呀！可怜可怜我罢！我底第二个儿子，去年13岁。到山上去砍柴。不知怎样一失脚，跌下岩壁来。别人抬他回家。血流太多了。到家也就死了！……"

老婆子呜咽地说不成声。

农人们听得不满意，有的说："不小心，不小心。山上我们一年要去整百次，那里会跌落岩壁？"

有的说："这是一个13岁的第二个儿子，不要紧，还有大儿子在哩。"

一边互相拿起锄，又走远了。

她底眼前仍剩着几个痴孩子。老婆子更悲伤地哭了："天呀！命呀！我底苦痛呀！"

哭声又经过半小时。

一群工人走出城。也听得她哭声的悲伤，走近去问她为什么这样哭。

老婆子哽咽得说不清楚的继续说："伯叔呀！可怜可怜我罢！我底第三个儿子，6岁的一个。三个月前，我和我丈夫到田野上拔瓜藤。留他在家里玩。等我们回来，他却不见了。门口有一堆血。我们踏血迹寻去，却是深山。唉！被狼吞去了！……"

工人互相一惊。嘈杂的叹着："山里还有狼呀！"

"狼竟会到村庄来吃人么？"

"不过这是一个小儿子，她总还该有两个大儿子在的。"

一边也匆忙地走去了。只回过一两次的头来，但不想续知她底哭诉了。

黄昏开始落下来。

在老婆子的眼前，仍是几个不懂事的孩子。她仰头向着密布天空的阴云，失望地放声大哭："天呀！命呀！我底苦痛呀！"

城门往来的人儿稀少了。

哭声又消逝半小时。

两三个商人从乡间收账回来。钱袋在他们底肩膀上琅琅地响。他们也听得她哭声的凄楚。脚步停到她底前面，问："老婆子，什么事？"

孩子们也抬头看着商人底脸孔。

她似有一线光明的诉说道："唉！老板！可怜可怜我，舍我几个钱罢！我底60岁的老丈夫，自从第三个儿子死后就病

· 50 ·

了！到现在有三个月，将死了！……"

商人们互相说："夜了，夜了，我们要回去了。否则可以给她两角钱。虽则事情是常常如此的。"

一边又匆匆地没去他们底影子。

老婆子一时昏去了。一时又慢慢地向看呆了的孩子们说："小弟弟们！可怜罢！我因为乡下没处讨钱，远远跑到城内来。想讨几个钱买一服药回去。……唉！虽则我底丈夫，此刻或者已经死了！可是小弟弟们，你们也有钱么？"

老婆子酸苦得说不成别的话。

而这几位听呆的孩子：有的抖抖他底衣袋，表示袋内只有一把蚕豆。有的翻转裤腰，表示身上只有一个肚脐。

个个摇摇头，不声响。

老婆子却突然发狂似的问："你们有毒药么？你们有刀么？我不想回家去了！"

孩子们一听到问有刀，惊怕了。逃散了。

黑夜如棉被一般盖在她底身上。朔风一阵阵地在扫清她身上底尘埃和她胸中底苦痛。

她气息奄奄地睡在城脚下，她心底未曾全灭的光，为她家中的白发丈夫似乎还得望着明日。

一九二九年十二月

死　猫

每天晚上木匠就照例到这家酒店来喝酒，两位小伙计招待他，笑眯眯地把酒放在他的身边，就请他说起关于命运的事情来。他说："做人若照你们这般，一天一天的苦干，一钱一钱的节省下来，这是做不好的！譬如皇帝，若都要自己亲身去杀贼，他还做得成皇帝么？大财主是财神光顾他的，命运里就是大财主。"

一边他举起杯来，大喝了几口酒。一位小伙计笑着问他："那么你究竟几时会发财呢？"

他答："快了。我今年四十九年岁，总在五十岁以内的。"

一边他又喝了几口酒。小伙计没有再说，两人耳语了一些什么，又看他如看呆子一样的笑了一阵。

他当夜酒醉醺醺地回到家，睡在一张旧床上想："唉！我究竟几时会发财呢？莫非我的命运欺骗了我一生不成么？整包的金子，这才可以给我娶妻养子，成家立业……现在我给别人造房子，将来我要别人来造我的房子……什么时候呢？……但总有时候的罢？……哼，也叫别人看看我文土一生阔气几时，才得舒服！……也许今夜，财神会来叫我了……文土！……金子……银子……宝贝……"

一边，他随将灭未灭的灯光睡去了。

正是半夜，他却突然醒来。他听得很清楚，门外有人高叫他的名字。他逆着气听了一息，又什么声响也没有，他以为他自己的神经恍惚，又睡下去。果然门外又叫了："文土！快起来！银杏树下有银子！"

他急忙点亮了灯，披上衣服。但不知怎样，全身发起抖来。口里嗫嚅地自语："财神爷爷，是你叫我么？"一边立直两条无力的腿，手拿了油灯，光幽暗而闪动着。他恨这盏灯光太黝黯，但想，也许明天可用洋灯了。而门外又叫："文土！快起来！银杏树下有金子！"

他呆站了一忽，决计走动了。他的心脏搏跳得非常厉害，他又将一件大马褂披上。于是将门开了。门外更郑重而严厉地叫："文土！你不来，银子金子没有了！"

他立刻冲向门外……黑暗如大熊一般的站在他前面。银杏树在他的门外约十丈路，他不敢立刻走近去，只两目紧张地注视着。忽然，银杏树下发了一阵火光，银杏树也如五丈金身的恶魔般现一现它的凶相。这时，他伸一伸腰，拍一拍胸，决计放大胆向前走去。但只走两步，火光又发了一阵，隐隐中还有嘈杂的语声。于是他又吓退了。一时，第三次的火光又爆发，在火光中，他似还见一位和善的老人，但倏忽又没有了。他重又回到房内，取了一盏满是灰尘的灯笼，点亮，光古铜色的。他不顾生命的一直跑到银杏树下，他依着树根的四周照了一遍，但什么也没有。于是揣拟方才火光所爆发的地方，近着一园地的墙边，他走去，提心吊胆的。在手里发抖的灯笼照到一墙角，果然，一口布袋倒放着。袋口扎得紧紧的，这显然是金子银子了。他俯下身子去一摸，呀，袋内忽然动一下。

这一动他几乎吓死，呆了想："什么？里面究竟是什么？动了，金子银子么？"

一息，他又轻叫："神爷，显示罢——"

他提着灯又向四近照了一遍，四近是什么也没有，又回到原处，一口布袋仍放着。这样，他跪下，捧起两手来向这布袋拜两拜。就将这袋子的绳解了，很费力地解了。

但一看里面，又几乎吓死去，里面是什么？——一只将死的猫！猫已经不会叫了，但两颗碧绿的眼仍向他射一射碧绿的光。他立刻丢下袋，跑回到他自家的门边。不料正是死猫所在的地方，又爆发了火光，一阵，二阵，三阵。他恐惧地坐守在门边，不敢就将死猫去拿来，虽则他想——死猫是可能的会变成宝贝。但他没有勇气去探取，他只有等待；他想，等待到天亮，再去找住这个罢。一边，他拿烟管吸起烟来。

东方起了霞色，大地的白光，辨得一切在清晨的寒气里战抖。银杏树庄严而盛气地站在他门前。他走去，先向银杏树的四周一看，还是什么也没有；于是又忙向墙角去拿布袋，但布袋呢？"唉！"他喊了！死猫已经载着布袋逃去了，没有了！他回到屋内痴痴地仰卧在床上想："假如将这口布袋拿来，死猫一定会变成金子，银子，宝物，可是我的命运过去了！"

第二天晚上，他又到这家酒店去喝酒，两位小伙计照样招待他，可是一边笑个不住。他眼向小伙计看，他并没有向任何人说出昨夜经过的事，只没精打采地喝他的酒。

一位小伙计又问他："文土！你究竟几时会发财呢！"

他痴痴地说："过去了！我恐怕不会发财了！以后只得我自己用力挣扎了？"

小伙计又不禁要笑声冲出口来。

一九二八年十二月

夜底怪眼

挟着神声鬼势的海潮，一浪浪如夏午之雷一般地向宝城底城墙冲击。大块的绛色方石叠成的城墙，泰山一般坚固而威严地抵挡着，简直神色不变的，使浪涛发一声强力的叹息，吐一口白沫而低头回去罢了。

这时的城内是杀然无声，比荒凉的原始旷野还沉寂。

乌鸦也不知飞到何处去了；往常有一种灰白的水鸟，每当太阳落下最后底光在西山之巅的时候，它们总飞出来在宝城底城上，回环翱翔三圈，落它们底休息之影在夜之海岛底上面，今晚呢，也不知它们飞到何处去了！也没有一家犬吠。——这样，莱托娜（Latona）用同一种深黑色的葬衣，没界限地披着城内城外——披在怒号不平的海潮上，也披上人心惶栗而不敢作声的宝城。

在隐约的一个城脚，站着几个兵士。东方半圆的月亮，慢慢地升上地平线来，照清他们底面貌，服装和动作。但月亮是含着泪光如嫠妇看着她底孤儿去远征一样。

相距他们约两百步的地方，有一座小小石刻的神龛，悬出的靠着城墙，二方尺那么大小。神永远不笑也不怒地守望着宝城，似计数着宝城里底生命而不愿他们有一个无辜地放到海外去。这时在神龛底前面，却跪着两位不幸的女人，一位头发苍白的五十余年纪的老妇，一位是十四五岁的小姑娘，她们的心简直被锁在铁之门内般绝望，脸灰白和死人一样。

"那儿是谁？叫她们滚开！"兵士中底一个说。

"让她会一会她底儿，也让她会一会她底姊罢。我认识的。"另一个兵士远远地对她们挥一挥手。

"长官有命令，不准谁瞧着的！谁瞧着就连谁死在该地！"

"那让她们也死在一块罢。"

他们对着月光冷笑了一冷笑。

海潮继续怒号着；夜光与冷气继续凝固着。

就在远处，飓风似的来了另几个兵士，簇拥着一位青年与一位女子。他们没有光也没有火，只烟一般地，魔鬼一般地向城边来。

老妇人与小姑娘继续跪着。

八个兵士迎着，青年与女子就如绵羊一般地绑在两条木桩上。惨淡的月光照见他们底脸上已没有一分的血色，两堆密长的乌头发，遮了他俩全个额。

离他俩二十步外，两个兵士举起步枪瞄准，枪水平地在两个兵士底肩臂上。

"让她会一会她底儿，也让她会一会她底姊罢。我认识的。"那个兵士又远远地对她们挥一挥手。

"放！"

接着就是这一个口令。天呀！在这夜色苍茫当中，只见两道火光，好像怪神底眼睛底一闪，随着枪底声音射出来。四位不幸者，青年与女子，老妇人与小姑娘，就同时倒在地上了！

一分钟后，老妇人与小姑娘就从吓碎的灵魂中醒回来，生命底全力支不住战抖的肢体。她们挣扎，颠仆，奔跑，啜泣，向着青年与女子底尸体。

"你们是谁？不准跑近！"兵士中一个说。

"让她会一会她底儿，也让她会一会她底姊罢。我认识的。"那位兵士仍向她们挥一挥手。

"赶快！吊上城，放下小船，运到海中葬了！"另一个兵士说，猫头鹰一般的眼，注视着老妇人与小姑娘，绿色的。

"还我儿子底尸罢！兵爷！"

"还我姊姊底尸罢！兵爷！"

"不准声张！"兵士喝。

同时四五个兵士，就用两根粗大的麻绳，一端缚着两具死尸底胸膛上，一端丢给半分钟前爬上城头的几个兵士，预备将尸吊上城上了。

"修好罢！兵爷！还我儿子底尸！"

"修好罢！兵爷！还我姊姊底尸！"

"给你们也死在一块！"兵士喝。

一个兵士抓开老妇人紧紧地抱住她底儿子底颈的两手，一个兵士竟将枪柄插在小姑娘底胸上。老妇人与小姑娘又昏倒在青年与女子底血泊中，简直要舐完那与她们自己有关系的将凝结的污血似的。

尸慢慢地吊上城，又慢慢地向城外放下，到泊在城脚底激浪里的小舟中。两具尸似两条古木一般横卧船板上，在摇篮里睡熟着似的荡向海中。

海潮继续地怒号着向宝城冲击，夜光与冷气继续地凝固在一切之上。几个兵士仍严肃地站立在城墙边，朦胧的月光中，待望着那第二次第三次来给他们开夜之怪神底眼睛的死囚。

距他们两百步的地方，神龛底前面，蜷卧着讨不回尸首的也将死去的老妇人与小姑娘。

一九二九年四月六日夜

别

夜未央；人声寥寂；深春底寒雨，雾一般纤细地落着。

隐约地在篱笆的后面，狗吠了二三声，好像远处有行人走过。狗底吠是凄怆的，在这蒙蒙的夜雨中，声音如罩在铜钟底下一样，传播不到前山后山而作悠扬响亮的回音。

于是狗回到前面天井里来，狗似惶惶不安，好像职务刚开始。抖着全身淋湿的毛，蹲在一间房外底草堆中，呜呜地咽了两声。但接着，房内点上灯了，光闪烁地照着清凉的四壁，又从壁缝透到房外来，细雨如金丝地熠了几熠。

一位青年妇人，坐在一张旧大的床沿上，拿起床前桌上的一只钢表瞧了一瞧，愁着眉向床上正浓睡着的青年男子低声叫道："醒来罢，醒来罢，你要赶不上轮船了。"

青年梦梦地翻了一身，女的又拨一拨他底眼皮，摇他身子："醒来罢，醒来罢，你不想去了么？"

于是青年叫了一叫，含糊地问："什么时候？"

"11 点 45 分，离半夜只差一刻。"

"那么还有一点钟好睡罢，我爱！"

"船岂不是 7 点钟开么？"

"是的，70 里路我只消六点钟走就够了。"

说着，似又睡去了。

"你也还该起来吃些东西；天下雨，泥路很滑，走不快的；该起来了。"

可是一边看看她底丈夫又睡去了,于是她更拢近他底身,头俯在他底脸上:"那么延一天去罢,今晚不要动身罢!我也熄了灯睡了,坐着冷冷的。"

忽然,青年却昂起半身,抖擞精神,吻着她脸上说:

"不能再延了,不能再延了!"

"今晚不要动身罢,再延一天罢。"

"不好,已经延了二次了。"

"还不过三次就是。"

"照时机算,今夜必得走了。"

"雨很大,有理由的,你听外面。"

他惺忪地坐在床上,向她微笑一笑:"我爱,'小'雨很大罢?还有什么理由呢?"

这样,他就将他底衣服扣好,站在她底面前了。

"延一天去罢,我不愿你此刻走。"

她将她底头偎在他底臂膀上,眼泪涔涔地流出来了。

"放我走罢,我爱,我还会回来的。"

一边,他吻着她底蓬蓬的乱发上。

"延一天去罢,延一天去罢,我求你!"

她竟将全个脸伏在他底胸膛上,小女孩一般撒娇着。

"放我走罢,我爱,明天的此刻还是要走的。方才不醒倒也便了,现在我已清醒,你已冻过一阵,还让我立刻就走罢!延一天,已延过一天——事实也延过二天了,所以明天此刻还是和此刻一样的,而且外边的事情待得紧,再不去,要被朋友们大骂了!放我走罢,我立刻要去了。"

"那么去禀过妈妈一声。"

青年妇人这才正经地走到壁边,收拾他底一只小皮箱,一边又说:"我希望你一到就有信来,以后也常常有信来。"

"一定的。"

"我知道你对面是殷诚;背后却殷诚到事务上去了。"

于是他向她笑了一笑,俩人同走出房外。

母亲没有起来,他也坚嘱母亲不要起来。母亲老了,又有病,所以也就没有起来,就在房内向房外站立着的他说——老年的声音在沉寂的深夜中更见破碎:"吃吃饱些走,来得及的,不要走太快,路多滑,灯笼点亮些。到了那边,就要信来,你妻是时刻记念你的。要勤笔,不要如断了线的纸鸢一般。身体要保重,这无用我说了。你吃饭去罢。"

儿子站着呆呆地听过了,似并没十分听进去。这时妇人就提着灯去开了外门,她似要瞧瞧屋外的春雨,究竟落到怎样地步,但春雨粉一阵地吹到她脸上,身上,她打一寒战,手上的灯光摇了几摇。狗同时跑进来,摇摇它底尾,向青年妇人绕了一转,又对着青年呜呜地咽了两声,妇人底心实在忍不住,可是她却几次咽下她不愿她底丈夫即刻就离别的情绪。以后是渺茫的,夜一般渺茫,梦一般渺茫,但她却除出返身投进到夜与梦底渺茫里以外,没有别的羁留她丈夫底理由与方法了。

妻是无心地将冷饭烧热,在冷饭上和下两只鸡蛋。盛满整整一大碗,端在她丈夫的桌上。——桌下是卧着那只狗。

青年一边看表,一边吃得很快。他妻三四次说:"慢吃,来得及的。"可是青年笑着没有听受,不消五分钟,餐事就完毕了。

俩人又回到房内,房内显然是异样的凄凉冷寂,连灯光都更黯淡更黯淡下来了。青年想挑一挑灯带,妇人说:

"油将干了。"

"为什么不灌上一些呢？"

"你就走了，我就睡了。"

"那么我走罢。"青年伸一伸他底背，一边又说：

"那么你睡罢。"

"等一息，送你去后。"

"你睡罢，你睡罢，门由我向外关上好了。"

他紧紧地将他底妻拥抱着，不住地在她颊上吻。一个却无力地默然倒在他怀内，眼角莹莹的上了泪珠。

"时常寄信我。"

"毋用记念。"

"早些回来？"

"我爱，总不能明天就回来的。"

一边又吻着她底手。

"假如明早趁不上轮船？"

"在埠头留一天。"

"恐怕已经要趁不上了！窗外的雨声似更大了！"

"那么只好在家里留一天？"

他微笑，她默然。

"你睡下罢，让我走。"

"你好去了，停一息我来关门。"

她底泪是滴下了。

"你睡下，我求你睡下；狗会守着门的。"

他吻着她底泪，一个慢慢地将泪拭去了："你去好了！"

"你这样，我是去不了的。"

"我什么呢？我很快乐送你去。"

"不要你送，不要。你睡下，好好地睡下，你睡下后我还有话对你说。你再不睡下,我真的明天要在埠头留一天了。"

"那么我睡下,你去罢。"

妻掀开了棉被,将身蜷进被窝内。他伏在她底胸上,两手抱住她底头,许久,他说:"我去了。"

"你不是说还有话么?"妻又下意识地想勾留他一下说:"是呀,最后的一个约还没有订好。"

"什么呢?"

他脸对她脸问:"万一我这次一去了不回来,你怎样?"

"随你底良心罢!你要丢掉一个爱一个,我有什么法子呢!"

"不是这个意思,我是问你你要怎样,我决不会爱第二个人的,你还不明了我底心么?可是在外边,死底机会比家里多,万一我在外边忽然死了,你将怎样?"

"不要说这不吉利的话罢。"

"我知道你不能回答了!但我这个约不能不和你订好。"

"你去罢,你可去了,你不想去么?"

"我一定去的,但你必得回答我!"

她拨拨他底脸;一个苦笑说:"叫我怎样答呢?我总是永远守着你的!"

一个急忙说:"你错了!你错了!你为什么要永远守着我?"

"不要说了,怎样呢?"

"万一我死了——船沉了,或被人杀了,你不必悲伤,就转嫁罢!人是没有什么'大'意义的,你必得牢记。"

"你越来越糊涂了,快些走罢!"

"你记牢么?我真的要走了。"

"你去罢!"

可是他却还是侵在她脸上,叫一声"妻呀!"

别离的滋味是凄凉的，何况又是深夜，微雨！不过俩人底不知次数的接吻，终给俩人以情意的难舍，又怎能系留得住俩人底形影的不能分离呢！他，青年，终于一手提着小箱，一手执着雨伞，在雨伞下挂着一盏灯笼，光黝黯的只照着他个人周身和一步以前的路。他自己向外掩好门，似听着门内有他妻底泣声，可是他没有话。狗要跟着他走，他又和狗盘桓了一息，抚抚狗底耳，叫狗蹲在门底旁边。这样，他投向村外的夜与雨中，带着光似河边草丛中的萤火一般，走了。

路里没有一个行人，他心头酸楚着，惆怅着，涌荡着一种说不出的静寂。虽则他勇敢地向前走，他自己听着他自己有力的脚步声，一脚脚向前踏去；可是他底家庭的情形，妻底动作，层出不穷地涌现在他心头。过去的不再来，爱底滋味，使他这时真切地回忆到了。春雨仍旧纷纷地在他四周落着，夜之冷气仍包围着他，而他，他底心，却火一般，煎烧着向前运行。

"我为什么呢？为个人？为社会？——但我不能带得我妻走……不过这也不是我该有的想念，事业在前面，我是社会的青年，'别'，算得什么一回事！"

这样，他脚步更走快起来，没有顾到细雨吹湿他底外衣。

一九二九年五月一日

遗　嘱

在一间简陋幽暗的房内，睡着一位喘息着她最后底微弱的呼吸的老母亲。这时她向一位青年与一位少妇无力地问道："儿呀，此刻是什么时候呢？"

站在她床前的呆呆守候着她的青年与少妇，含着几乎要滴下来的眼泪，低低哀咽地答道："夜了，妈妈，已点上灯了！"

老母亲沉寂着，深陷在她枯瘦而这时稍稍红晕的脸颊上边底眼球，带着四圈的黑色皱痕转了一转。床前闪着灯光，房内是浓密地排列着死神底严肃的影，一种生命底末路底苦味震撼着青年夫妇底舌头。一时，老母亲微动一动身，似她底全副精神被远处的二三声犬吠所激发，所吸收。屋之四周是萧条的，凄怆的，犬之吠声似从夜底辽远的边疆上——另一个世界传来一样。她，喉咙破塞地又同他俩问："狗在那里叫呢？"

"妈妈，没有狗叫……"

她却苦做一做脸："我知道，我知道……"

她又力弱地止住了房内沉寂一息，媳妇低声地问：

"妈妈，你要喝一口茶么？茶内放着姜的。"

她又摇一摇头："让我闭闭眼罢，我底眼已看不清你们两人了！"

于是青年就流下泪，而且低声地啜泣起来。她却又说："你哭什么呢？不要哭罢，我还有话对你讲。你一哭，可以使我底心立时失去的。"

"妈妈，我没有哭。"

青年又将泪收止住。他受着时光老人的拖拉,气都不敢喘地。夜之畏追在四周,远处又送来犬底吠。母亲又急喘的低弱地说了一句:"狗好像叫在我的心上一样呢!儿呀。"

"妈妈,我给你掩住耳朵罢。"媳妇说:"无用,无用……"

"那么你想到什么呢?妈妈!"青年问。

老母亲却又含笑了一笑,昂一昂头,答:"第一,想到你过去的爸爸;第二,想到你现在的妹妹;第三,想到我以后的自己!"

"你还想这些做什么呢?"

"因为我记念着这三件事。"

"我会代你记念着的,妈妈,你安心!"

老母亲又静默着,她底脑海中掀翻着许多风涛险恶的往事——她自己是在动荡颠簸着:前面是仇人底碧绿的眼睛在暗中闪光,明晃晃的刀在空中乱舞,狼一般的心啮着他父亲底骸骨,血花高高地飞溅,好似巨浪泼到孤岛的岩石边一样;犀利的爪牙就一齐屏息地向她家中投掷进来。

"天地底变色呀!"她呓语似的说了一句,又沉默着。一回,她瞧见她亲生的女儿的影子在门后流泪,蓬首垢面的,一个十二三岁的弱小的女孩;她又裸露地跪在半夜的天井中,风霜之下哀呼她自己底哥哥与母亲;她底心已如秋天的黄叶,身子寸寸地被虫豸咀嚼着;她难于捱过一时一刻的光阴,竟和小舟渡过波涛汹涌的海洋一样。于是她又轻轻地叫了一声"女儿呀!"可是青年与少妇不曾听到。

但忽然,她却明了她自己底前面,有一位牛头,有一位马面,狰狞可怕的死之吏役,用铁索挂在她底头颈中,铁铐穿在她底手上,向前面,是有无数毒蛇的山谷。人们底头是颗颗的被蛇啮去带到大树底顶上。这时,老母亲狂呼了一声,好似她已堕入

了万丈的深谷。青年立时摇着她,不住地叫:"妈妈!妈妈!"

"呀,儿呀,我还清楚的!"

她底枯燥的眼眶润湿了!

"你又觉得怎样呢,妈妈?"

老母亲摇一摇头:"没有什么,不过自己慌得很……"

"有你亲爱的儿子站在你面前,妈妈!"

"还有你亲爱的媳妇……"

老母亲又苦笑了一笑,无光之眼向青年俩望了一望。

同时,她伸出她枯枝似的手,向空中颤抖地摸索。青年立刻问:"妈妈,你要什么呢?"

"拿你们底手来。"

一边,她声音稍稍用力地:"我此刻怎样?"

"妈妈底精神是很清朗。"

"不,不,不过我此刻死不去,我很慌!"她气喘地停一忽:"你们也知道狗为什么叫么?它是叫铁索的声响和无常底影子呢!"

"妈妈,不要说这话,妈妈是还会健起来的!"

媳妇流泪地。老母亲又气喘地接下说:"不会了!死亦没有什么,人总有一次要死的!不过带着她生前的不甘心,到阴司去受罪,真是一件最苦痛的事……"

青年凑近她,低声问:"妈妈,我会做的,你说什么呢?"

老母亲点一点头。

"是的,可是在我死后,你第一件事做什么呢?"

青年凄凉地低头说:"领回妹妹来,你记念着的;而且领回以后,不再放她回那家去了,我永远保护她!"

老母亲仍点一点头。

"是的,可是在我死后。你第一件事做什么呢?"

· 66 ·

青年呆着一忽，同时房内杀静一忽，于是激昂地：

"当先代爸爸……"

可是老母亲还是点一点头，隐晦而悲伤地说："是的，你爸爸是枉死去了，你妹妹是受着苦的……不过，不过……"她枯燥的眼眶内底润湿着凝结成泪了！继续说：

"不过我还记念着自己底死后！"

"妈妈为什么要记念着这个呢？"青年呜咽地。

"因为我怕有罪！"

她带着泪的眼向青年射一射绝望的祈求的光。

"那么妈妈要我第一件事做什么呢？"

"你听我这话做么？"

"一定的！妈妈！"青年几乎跪下去了！

"请和尚同道士来，给我超度一场罢！"

同时，她底泪是掉下了！她闭着眼继续说："听我底话罢！你爸爸底仇，仇人是逍遥复逍遥，逃在海港以外，谁能立刻找出他底影子，让你去嚼着他底肉！你底妹妹呢，她当受苦不久，因为她底哭声是立刻能奋起你底臂力的！……只有我闭去两眼底一刻，儿呀，是我最难过的关卡！我心伤碎，我将被碾压在铁轮底下……"

她底话继续不上了，她底气低弱了，她几乎没有声音地最后说："记着罢，让我假睡一回……"

永久的安息之神扬起他底旗子，青年与少妇号哭了。

在他俩底心上感到重重地压迫，一种难于自制的情绪似乎不能分析他母亲底最后的几句话。他昏沉地，伏他底头在他母亲底尸体上，念想着此后第一件放在他眼前所要做的事。

一九二九年五月十六日

摧 残

一个寒风凛冽的冬天晚上，是这位可怜的妇人产下她第一个儿子后的第三夜。青白的脸色对着青白的灯光，她坐在一堆破棉絮内，无力地对一位中年男子——她底丈夫说道："照我底意思做去罢，这样决定好了。"

宽松的两眼向她怀内底小动物一看——婴儿露出一头黄发在被外。妇人继续说："现在，你抱他去罢。时候怕也不早了，天又冷，路又长，早些去罢。"

可是婴儿仍留在妇人底怀中，她上身向前偻一些，要抱紧一些似的。男子低头丧气地说道："不能到明天么？明天，明天，等风刮得小些的时候。"

"趁今夜罢！"妇人又吻了一吻婴儿说。

"再商量……我想。"

"没有办法了，米一粒也没有了，柴一束也没有了，没有办法了！"

妇人痴痴地摇摇头。

男子简直不自知觉地抱去婴儿，眼圈红红地跨出门外。妇人在他后面啜泣地说道："走走快些，抱抱紧些，莫忘记了拉铃。"

男子没有答话，就乘着门外的冷风跑走了。

他一口气跑了七八里路，就在一座山岭上坐着。朔风更暴猛地，鼓着两面的树林，简直使他喘不出气。婴儿是没头没脚裹着的，有如一只袋，他这时却解开袋口，似要再看看里面底将失去的宝物，可是这一看竟使他伤破胆了！婴儿底小眼已紧闭，气没有了，他闷死了！

"唉！"他大喊了一声，几从坐着的石头上滚下去，可是一点方法也没有。

"抱回家去？怎样对妻说？"他想，他决定：送到育婴院以后的孩子是和死相差无几的。他还是就葬这个小尸在这山上罢！

他痴痴地坐着，死婴在他底膝上。他一点勇气也没有，只有泪不住地流。一时，他竟号哭起来。山岭上管山的人家奇怪地走出来了，他就向他们借了锄。他们同声地说，安慰他："穷人原不配有儿子，不要伤心！何况你年轻，将来也不患没有儿子。"说完，他们也就进去了。一位年老的婆婆，还烧了一撮纸钱在门口。

他不能立刻就回家，为的要使他妻不疑心，他可以将这发生瞒过。他坐着，他坐着，夜过得非常慢。风声，水声，树木的动摇声，他都听得非常清楚，他镇静着他自己抵御一切可怕的夜声底侵袭。

他慢慢地推进他家底门。妇人仍在床上坐着一动没有动。她哭过了，眼之四周红肿地。这时他懒懒地走近问：

"你为什么不睡呢？"

"等你回来。"

妇人轻声地答。他站在她前面，几乎失声哭起来，可是他用他全力制止住。于是妇人问："你已送去了么？"

"送去了。"

"送到育婴院了么？"

"送到了。"

声音同回音似的,妇人眨一眨眼,又问:"你拉过铃么?"

"拉过了。"

"你听到先生们出来抱去的么?"

"听到的。"

"你也听到这时娃娃哭么?"

"哭的,可是你不要多问了!"

男子不耐烦地,妇人却苦笑一笑,说:"这样,我放心了!"

"你可以放心。"

"那么,我还是明天去呢,后天去?"

"那里去?"

男子稍稍奇异的。

"到育婴院做乳母去。"

"到育婴院做乳母去?"

"是呀,我早这样对你说的,忘记了么?"

男子却几乎要昏去一样:"你仍旧要看护你自己底儿子么?"

"是的。"

"不行罢!"

"因为这样是好方法,一边我有饭吃,又有钱赚。"

"你定要这样做?"

"不是么?你怎么失落了魂在山岭上似的?"

男子悲伤的呼喊起来,同时坐在椅上。

"唉!唉!这是不成功的,明天不要去罢!"

妇人独断地苦笑说:"那么后天去罢。"

第三天,妇人终于进了城内底育婴院。

她开始一个一个的将婴儿认过去,可是在这数十个婴儿中没有她自己底婴儿。于是再向各乳母询问那几个是男孩，结果男孩只有两个，而且这两个都有四个月以上了。

她非常地奇怪，她畏畏缩缩地跑到事务室的门外，探头向一位事务员做笑地问："先生，前天夜里没有人丢婴儿到这里过么？"

事务员向壁上挂着的婴儿出入表一瞧，说："有的，你问这个做什么？"

妇人更做笑地答："我不过想询问一问，因为邻舍……一位姑娘私产下了一个孩子……先生，你能告诉我这孩子是男的，还是女的么？"

那位事务员又向壁上一瞧，也微笑的说："男的。"

"真的么？那真是有趣的事！我还可以将这个笑话告诉先生，假如先生肯告诉我现在这个婴儿在那里，让我见一见面的话。"

那位事务员却摇一摇头，带着阴险的恶毒的脸色说："你真见鬼！告诉你，我是骗你的，前夜那里有什么孩子！男的，女的，私生的，恰恰前夜，一个都没有。此外是每夜都有的。"

妇人一时酸软了两腿。她极力忍制住她从内心所爆发的悲伤。而那位事务员继续问："你有没有记错日子呢？那你还能告诉我你底邻舍姑娘私生孩子的故事么？"

妇人低下头，一边移动脚步，一边说："不必告诉了，那她所生的孩子一定死了！"

她坐在育婴室内，两手抱着两个不知是谁底两个初生的女孩，发着呆。她简直无从着想，似陷在山洞中望着落日一样，她恨不得立刻就回家，询问她底丈夫；但事实不能使她就走。

第三天，她丈夫来探望她，她却拉了她丈夫到一阴角询问

道：“我们自己底孩子呢？”

她丈夫慢慢地答：“没有在院里么？”

"没有，我简直将近数天丢来的孩子都认过了，没有一个是的。"

"那我不知道。"

"你怎么不知道呢？"

男子低下头说："恐怕死去了！"

"没有！没有！"妇人张声的说，"就是死了，这里也有收账的，那一夜简直没有！"

男子呆着，妇人又逼他道："你说，怎么一回事，将娃娃藏到那里去了呢？"

许久，他记起那夜别人劝他的一句话，他说："穷人原不配有儿子的，不要伤心！"

"什么呀？"

他极力想忍制住不说，可是声音冲出口边来："那夜在路上就死了！我给他葬在那山边！"

"怎么呀？你说……"

同时她放声哭了。

那位事务员与乳母们跑拢来，事务员知道了这秘密，就高声地向男子和妇人说："你们犯法了！将自己底孩子丢到这里来，而自己又来做乳母，这是犯法的。叫警察，送你们到警察所里去罢！"

妇人一边收止泪，一边说："先生，我已经没有儿子了，我底孩子已经死了！这里那个是我底儿子呢？"

那位事务员说："不管的，你们要想这样做，就送你们到警察所里去！"

妇人几乎跪下的哀求道："莫非我生了一个儿子还犯法么？先生，我现在也终究没有儿子了！先生，饶恕我们罢！"

事务员愤愤地向事务室走去，妇人却晕倒在她丈夫底臂上了。

一九二九年五月十七日

希 望

李静文吃过了晚饭,觉得非常无聊,阴闷的秋天一般的,走了两圈天井又回到书桌前坐着。点着一支卷烟,袅袅的青烟是引他思想的:爱情,幸福,美丽,家庭,他回念了一周,于是又站起,轻轻地自说了一句:"还是到密司脱刘夫妇那里去坐一趟罢。"就走着出去了。

密司脱刘底妻有美丽的眼睛和头发,这是他时常记着的;眼睛不在笑的时候也迷媚的,头发却细卷地披在头后,他常对刘说:"要是我底妻有你底妻底这两样,无论她不识字,脚小,尽够抵得过了!"

这时他站在他们底门外,他所谓幸福的家庭底门外。

门是开着的,他却没有一直走进去,只拣了阴暗的檐下,侦探似的暗看门内刘与他妻底行动。两人正在吃饭,"真是一对鸳鸯呀",他摇首。可是一个却更显出快乐,一个却更显出妩媚,刘用五香烧肉拈在他妻底碗上,他妻却把这个拈到刘底口中,两人推让着,作客一般地。一时,刘妻又奔到厨间,不知拿来了什么,放在刘底面前;又不知讲了什么,刘"哈"的一声大笑了——他几乎也跟着失声大笑了——饭喷上了菜和桌,刘妻拿出帕,稍稍愠怒地说:"三岁的小孩子一般,不好转过头去的么?"刘应声轻笑说:"我要嚼糊喂在你口子里,看你怎样?"简直看影戏一般,使他忍不住了,就在门外,用掌啪,啪,啪的拍了三声。

"那个？门外，吓死人。"

刘妻吃惊地探头向外。李静文却气馁地走进去，一面说："还不是白眼看看人的我么？"

"李先生，你怎么啦，不走进来。"

"白鸽样一对，我要赏鉴你们底幸福。"

"笑话，笑话，幸亏我们没有秘密呢！"

他却不待他们"请"，就坐下一把摇椅上，一边说："除接吻外，都表现着了。"

可是他们没有说，匆匆吃完饭。女用人在旁收拾。

这时刘递烟卷给他，刘妻就擦洋火给他点上火。他一边在点火的时候，一边眼睛看着她底眼，还横上看了她底头发。刘吸了一口烟，就向他问："你底夫人怎样？消息——"

"一点也没有，一点也没有。"

他喷着青烟，摇摇头。

刘妻笑了一笑，接着说："应当有一点了，李先生，你不肯告诉我们么？"

"为什么不肯告诉你们？孩子生出来是不会同他母亲一样黄头发，缠过脚的。"

"冤枉，"刘说，"你总说她黄头发，我看来是非常黑的。"

"就是黄头发也没有什么，外国女人底头发岂不是比中国女人底美丽么？"刘妻不自足地接着说。

屋内稍稍静一息，烟气缕缕地轻擦着各人底鼻管。李静文忽然叹息说："算了算了，黄也算了，白也算了。"

刘却暗笑地兴奋地说："不会算了的，静文，人底命运说不定，转变是非常快的。"同时他向他妻瞟了一眼。

"你底父亲真的到现在还没有给你一封信么？"

"真的，三个月了。三个月前的来信，他明说不久怀爱夫要生产了。"又吸了一口烟，"可是到现在还没有消息。"

"你自己计算计算月数怎样呢？"

"十四个月了，十四个月了，去年七月离家……"

刘却没有等他说完，接着说："一定有了意外了。"

"什么呢？"

"难产也说不定。"

"难产？"他兴奋起来，"怎样难产？莫非我妻死了么？"

"说不定。"刘冷冷的。

"就是难产，父亲也应该有信来。"

"难产了，当然没有信；空使你哭一场，什么用？"稍停一忽，"否则怎么会没有信？就是生下一个女儿，也是你底第一个女儿，你父亲断不会忘记告诉你消息的。只有，只有难产了，你夫人不幸牺牲了，那你再等一个月，消息还是不会自动传来的。"

"是呀，"他底眼睛睁的大大的，从摇椅上站起来，又坐下，"莫非真的有什么不测么？"

"事情有些可疑了，生理学上断没有十四个月还不生孩子的。"刘补充理由说。

李静文微蹙着眉，静默一息，凄凉地说："假如真的难产了，这怎么办？"

刘又向他妻瞟一眼——她只是笑着坐着，没有说一句话。——冷淡地讥笑般说："假如真的难产了，那只好另求别爱罢。"

这样，李静文却又跳起来，好似无聊到这时是完全没有了。提高声音说："我虽不希望她死，可是她却真的死了，那

· 76 ·

我未来的爱的幸福，还有偿补的机会罢！爱情底滋味怎么样，我一些没有尝到过；恋爱的滋味，新婚的滋味，我真梦似的将自己底青春送过了。一个完全不识字的她，上字会掉头读作下字的，不，简直掉头也读不出来！

"使我何等苦痛呢？即如现在，生了孩子也不晓得，不生孩子也不晓得，刘，你看，只要她能够写一个'生'字，或生字上再写一个'已'字，幸福就增加不少了！我读读只有'已生'两个字的一张信纸，也必不如现在这么无聊，这么寂寞。所以她由难产而死了我是不希望的；万一她由难产而死了，刘，你想，那我……"

他没有说完，刘底妻却咯咯地笑个不住了。这时她问："依你怎样呢？李先生，你们男人底心理？"

"依我，"李怡然地说，同时他向壁上瞟了一眼，好像在这壁上他看出他理想的妻底美丽的影子。他就照着这影子，描摹出来地说道，"至少认得几个字，会写流畅的信。也不要缠过足，穿上一双高跟皮鞋。"

"头发黄不要紧么？"刘妻笑着问。

"给她烫一烫；总之，头发黄是有个数的，我不知道怎样恶运星，恰恰碰着鬼打脸。"

刘妻又问道："还要怎样呢？李先生。"

"自然和我住在一道。我底收入是可以供给一个爱妻过活的，只要她不浪费，不买钻石戒指，不买金链条，其余，做件绸的粉红色的衣服，都可以；那穿起来，我们同到影戏院去看看影戏，也使得别人眩眼，我也分沾着光辉的。"

"但是看了影戏回来，她却对你发起脾气来，你怎么样？"同时她向她默笑的丈夫看一眼，"我是常常和他看了影戏回来要闹的。"

"刘？闹？你们要闹？"他惊骇地问刘，"我假如有像你这样的夫人，是会跪下去求她笑起来的。"

这样，三人统统大笑了。

"那么，"刘说，"你祷告罢，祷告你底夫人已经难产死去了。"

"这也不忍。不过她真的死了，我也不悲伤的，她太给我不满意了。"

"你们男人底心理，我现在懂得了。"刘妻转过头说。

"你不要说这样的话，"他起劲地，"假如我底妻是和你姊妹，那我一定会和她同死的！同生同死！"

刘妻微笑了："奴婢一般地侍奉她么？"

"上帝一般地侍奉她。"李静文应声说。

"那做你底夫人真有幸福。"

"不过描写在天国中！刘，你以为是么？虽则人间也存在着的；有时跑马路，洋车上，汽车上，见到不少的天仙似的姑娘——活泼，妩媚，动人，妖艳，轻盈的微笑，迷魂的眼色，可是谁底妻呢？谁底幸福与谁底极乐园？我，我，一个结过旧式的女子的婚底人，妻又是小脚而不识字的，简直不能同她在街上玩，真悲伤，一想到这里……刘，你为什么不响应呢？你笑什么？"

李静文竟唠唠叨叨地说了。这时，刘答："此后你不悲伤了，希望来了。"

"还有什么希望。"他仰睡在摇椅上，摇着，叹息的。

刘说："因为你不满意的人上帝带她回去了，在这次的难产，一定的。"

他继续着摇，同时向刘底妻看一眼，叫道："梦，梦。"

"你写封信去间接地打听一下罢，假如真的起变故，可以积极进行以后底。"

同时刘妻说："假如真的起变故，你一滴泪也不流么？"

"流泪是假的。"

"那你为什么和她生着孩子呢？"

三人底目光互相关照了一下。

"谁知道，问造化去罢。"

刘妻又笑说："所以做你底夫人真冤枉！"

"同时我也冤枉了，你们女人总是帮着女人说话的。"

"因此，"刘笑说，"男人还是帮着男人，我劝你赶紧祷告罢。祷告你旧的夫人难产死了，希望在你新的来，走近你，偎近你，洗雪你底冤枉。"

"完了完了，不说空话了，"同时他向门外望了一望，似有他新的美丽姑娘进来一般，但门外底阴影仍留住他底眼光，"我要回去了，写封信，切实去问个明白。"

他站起来，虽则刘和刘底妻再三要他再坐一息，再谈一息，而他终于开步走了。

路相隔是近的，可是他思想却奔跑得很远很远。他一回愁着，一回又笑了；一回追想起旧式婚姻的憎恨，一回又演现出新的夫人底美艳；生活的单调，幸福的失落，他轻轻叹息说："希望，希望，转机就在这一着了。"同时他跨进寓里他自己底房门，向桌上一看，红色的长方的信，箭一般射入他眼内，他急忙拿起一看，不错的！是家书，他父亲底亲笔！他急忙拿剪裁了封口，一边心里想愿——在这封信内所封藏着的："汝妻不幸——产病故！"

唉，没有人知道他那时底心境和急促！他抽出信纸来，目光如电闪似地读："吾儿静文：三月前汝妻安然养下一子，肥白可爱……"

"唉！"他极乐地叹息了，又极悲地笑起了。他不愿读下

去了，捻着这封信，卧倒在床上，自语的，空虚而失望。

"算了算了，恋爱，幸福，美丽，梦想，一切完了！"

一九二九年六月二十一日夜

怪母亲

六十年的风吹,六十年的雨打,她底头发白了,她底脸孔皱了。

她——我们这位老母亲,辛勤艰苦了六十年,谁说不应该给她做一次热闹的寿日。四个儿子孝敬她,在半月以前。

现在,这究竟为什么呢?她病了,唉,她自己寻出病了。一天不吃饭,两天不吃饭,第三天稀稀地吃半碗粥。

懒懒地睡在床上,濡濡地流出泪来,她要慢慢地饿死她自己了。

四个儿子急忙地,四个媳妇惊愕地,可是各人低着头,垂着手,走进房内,又走出房外。医生来了,一个,两个,三个,都是按着脉搏,问过症候,异口同声这么说:"没有病,没有病。"

可是老母亲一天一天地更瘦了—— 一天一天地少吃东西,一天一天地悲伤起来。

大儿子流泪站在她床前,简直像对断气的人一般说:

"妈妈,你为什么呢?我对你有错处吗?我妻对你有错处么?你打我几下罢!你骂她一顿罢!妈妈,你为什么要饿着不吃饭,病倒你自己呢?"

老母亲摇摇头,低声说:"儿呀,不是;你俩是我满意的一对。可是我自己不愿活了,活到无可如何处,儿呀,我只有希望死了!"

"那么，"儿说，"你不吃东西，叫我们怎样安心呢？"

"是，我已吃过多年了。"

大儿子没有别的话，仍悲哀地走出房门，忙着去请医生。

可是老母亲底病一天一天地厉害了，已经不能起床了。

第二个儿子哭泣地站在她床前，求她底宽恕，说道：

"妈妈，你这样，我们底罪孽深重了！你养了我们四兄弟，我们都被养大了。现在，你要饿死你自己，不是我和妻等对你不好，你会这样么？你送我到监狱去罢！送我妻回娘家去罢！你仍吃饭，减轻我们底罪孽！"

老母亲无力地摇摇头，眼也无光地眨一眨，表示不以为然，说："不是，不是，儿呀，我有你俩，我是可以瞑目了！病是我自己找到的，我不愿吃东西！我只有等待死了！"

"那么，"儿说，"你为什么不愿吃东西呢？告诉我们这理由罢。"

"是，但我不能告诉的，因为我老了！"

第二个儿子没有别的话，揩着眼泪走出门，仍忙着去请医生。

可是老母亲病得已经气息奄奄了。

第三个儿子跪在她床前，几乎咽不成声地说："妈妈，告诉我们这理由罢！使我们忏悔罢！连弟弟也结了婚，正是你老该享福的时候。你劳苦了六十年，不该再享受四十年的快乐么？你百岁归天，我们是愿意的，现在，你要饿死你自己，叫我们怎么忍受呢？妈妈，告诉我们这理由，使我们忏悔罢！"

老母亲微微地摇一摇头，极轻地说："不是，儿呀，我是要找你们底爸爸去的。"

于是第三个儿子荷荷大哭了。

"儿呀，你为什么哭呢？"

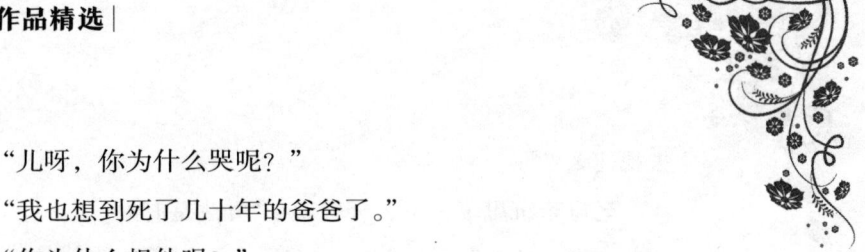

"我也想到死了几十年的爸爸了。"

"你为什么想他呢？"

儿哀咽着说："爸爸活了几十年，是毫无办法地离我们去了！留一个妈妈给我们，又苦得几十年，现在偏要这样，所以我哭了！"

老母亲伸出她枯枝似的手，摸一摸她三儿底头发，苦笑说："你无用哭，我还不会就死的。"

第三个儿子呆着没有别的话；一时，又走出门，忙着去请医生，可是医生个个推辞说："没有病；就病也不能医了。这是你们底奇怪母亲，我们底药无用的。"

四个儿子没有办法，大家团坐着愁起来，好像等备丧事一样。于是第四个儿子慢慢走到她床前，许久许久，向他垂死的老母叫："妈妈！"

"什么？"她似乎这样问。

"也带我去见爸爸罢！"

"为什么？"她稍稍吃惊的样子。

"我活了十九岁，还没有见过爸爸呢！"

"可是你已有妻了！"她声音极低微地说。

"妻能使妈妈回复健康么？我不要妻了。"

"你错误，不要说这呆话罢。"她摇头不清楚地说。

"那妈妈究竟为什么？妈妈要自己饿死去找爸爸呢？"

"没有办法。"她微微叹息了一声。

第四个儿子发呆了，一时，又叫："妈妈！"

"什么？"她又似这样问。

"没有一点办法了么？假如爸爸知道，他也愿你这样饿死去找他么？"

老母亲沉思了一下，轻轻说："方法是有的。"

"有方法？"

第四个儿子大惊了。简直似跳地跑出房外，一齐叫了他底三个哥哥来。在他三个哥哥底后面还跟着他底三位嫂嫂和他妻，个个手脚失措一般。

"妈妈，快说罢，你要我们怎样才肯吃饭呢？"

"你们肯做么？"她苦笑着轻轻地问。

"无论怎样都肯做，卖了身子都愿意！"个个勇敢地答。

老母亲又沉想了一息，眼向他们八人望了一圈，他们围绕在她前面。她说："还让我这样死去罢！让我死去去找你们底爸爸罢！"

一边，她两眶涸池似的眼，充上泪了。

儿媳们一齐哀泣起来。

第四个儿子逼近她母亲问道："妈妈没有对我说还有的方法？"

"实在有的，儿呀。"

"那么，妈妈说罢！"

"让我死在你们四人底手里好些。"

"不能说的吗？妈妈，你忘记我们是你底儿子了！你竟一点也不爱我们，使我们底终身，带着你临死未说出来的镣链么？"

老母亲闭着眼又沉思了一忽，说："那先给我喝一口水罢。"四位媳妇急忙用炉边的参汤，提在她底口边。

"你们记着罢，"老母亲说了，"孤独是人生最悲哀的！你们年少时，你们底爸爸虽早死了，可是仍留你们，我扶养，我教导，我是不感到寂寞的。以后，你们一个娶妻了，又一个娶妻了；到四儿结婚的时候，我虽表面快乐——去年底非常的快乐，而我心，谁知道难受到怎样呢？

"娶进了一位媳妇，就夺去了我底一个亲吻；我想到你们都有了妻以后的自己底孤独，寂寞将使我如何度日呀！而你们终究都成对了，一对一对在我眼前；你们也毋用讳言，有了妻以后的人底笑声，对母亲是假的，对妻是真的。因此，我勉强地做过了六十岁的生辰，光耀过自己底脸孔，我决计自求永诀了！此后的活是累赘的，剩余的，也无聊的，你们知道。"

四个儿子与四位媳妇默然了。个个低下头，屏着呼吸，没有声响。老母亲接着说："现在，你们想救我么？方法就在这里了。"

各人底眼都关注着各人自己底妻或夫，似要看他或她说出什么话。18岁的第四个儿子正要喊出，"那让我妻回娘家去罢！"而老母亲却先开口了："呆子们，听罢，你们快给我去找一个丈夫来，我要转嫁了！你们既如此爱你们底妈妈，那照我这一条方法救我罢，我要转嫁了。"稍稍停一忽，"假如你们认为不可，那就让我去找你们已死的父亲去罢！没有别的话了——"

60年的风吹，60年的雨打；她底头发白了，她底脸孔皱了！

一九二七年七月十四日夜

夜　宿

有一年冬天，我和二位朋友从三台中学回来。已经黄昏时候，我们走错了山路。山路是到处一样荒茫的，落日也自傲地径自下山去了。我们坐在一株苍霭的大树下预备将大树当作寄宿舍；拾拢枯枝来，烧它一夜的野火。

人影是还能辨别的，却辨别出人来了。"狼么？"一位朋友玩笑说。开始是草丛中簌簌地响，终于一位约六十岁的老婆婆走近我们。她手里提着一只空篮，粗布衣服，又不像叫花子的样子。两眼似乎哭过，可看不清眼泪在她眼上。不知怎的，却将她这惫疲的眼盯住我们——

不，还是我——不瞬地看。我们本轻轻议论将问她出路的，可是被吓住了。一位朋友有意玩笑地自语说："怎么呢？东边？西边？"可是老婆婆却不及料的战抖地走近我身边，几乎叫喊般问："你们都是人么？"

我奇怪极了！我想她定是疯婆子，在这落日后的荒山上。可是她又说："你们都是先生么？"

于是我答："迷了路的青年！"

"先生们往那里？"

"海城。"

她呆着一息，却异常和善地说："错得远了，离这里还有三十五里。先生，"她简直对我一人说："你到我底家里住一宵罢！夜已有寒霜，山里的夜更有野兽的。"

当然,我们是跳起来地欣从了。我们稍稍怀疑:"这老婆婆是怎样的人呢?"但我们互说:"茅舍比树下总要安全一点。"何况各人底肚子饿,她也总得有法想——麦面或番薯汤,医我们底胃叫。

可是奇怪的老婆婆,她叫我们足足走了五里路,还不曾到她家。我们只记得在山上弯来弯去,绕过一丛林,又绕过一丛林。而且走上山头,又走下山头;我们底腿本来已酸软,那还经得起藜藿的刺戳呢?老婆婆飞也似的在前面引路跑,口里一分钟说一句,"近了,先生。"可是谁相信呢?简直要疑心她要卖了我们了。幸得那时土匪不和现在这么多,所以无论如何还不能说她是个土匪的奸细。

终于到了,大家安心。非但稍可安心,简直使我们非常舒适了。似小康的农家,五六间房子,修葺得整洁,长工模样的男子两三位招待我们进去,他们个个和善的。

灯并不亮,可是空气异常温暖。我们喝过热茶,各人坐着,到了自己底家一样,思想也凝固了。

老婆婆却非常忙碌,从这门进去,从那门出来,一息叫这长工到园里去拔菜,一息又叫那长工往酒店去买酒,总之,和女婿到了一样。但我们这位好探消息的朋友却轻向我说:"为什么没有一位妇人帮她底忙呢?饭烧的慢极了。"我微笑没有答。

菜蔬异常丰满,热而适口,虽则是素菜一类,却使得我们狼吞虎咽般吃。她并且坚要我们喝酒,虽则父亲告诫我,旅路上不可贪酒,可是我为兴奋自己底精神一下,终于从老婆婆手里得了解放了。我们都是陶然了,脸微微发烧,时候怕也半夜了,长工们都已睡了。老婆婆收拾了我们底饭碗以后,就叫我们去睡,可是不知什么缘故,送我两位朋友到了左边一间,却坚要我独自睡在右边的一间。

我再三说，我们三人可以同在一床睡，而她竟流出眼泪地说："先生，我不会害了你的！"

天知道，右边的一间，是她自己睡的一间！

我就跟这位慈爱的老婆婆，睡在和她底床成直角的靠窗下的一张床上。我非常狐疑——这床往常是谁睡的呢？

可是老婆婆并不睡，呆坐在床上，一忽，向我问："先生在那里读书的？"

"三台。"我没精打采地答。

一息，她又问："先生的家里？"

我不耐烦地："父母兄弟姊妹都好的。"

简直不知她想起了什么，又问："先生明天就要走的么？"

"一早就要走。"我似乎发怒了。

这样，她睡下。我在青布棉被中，几乎辗转反侧了有两点钟不曾睡着。鸡叫了，远处鸡叫了——也听得老婆婆睡在她自己床上一点声音也没有——我这才恍恍惚惚地从鸡叫声里睡去。

可是一忽，我醒来，我疑心我底额上满是汗，我用手去揩，怪了，几乎跳起了，这是谁落在我脸上的泪，我非常惊异地昂起半身，从和萤火底光差不多的灯火中看那老婆婆，而老婆婆已不在她自己底床上了！我惊怪了，简直要叫喊出声音来。可是在窗下的一角，暗得辨别不出她底影子，她悲哀地向我说道："先生，宝贝，你安睡罢！"

我听她底声音，不知怎的也似心内要涌哭的样子，我问："妈妈，你为什么？"

"宝贝，你睡下罢！"

我不答,似有意要她知道我在愁闷的。

"宝贝,你睡罢!你疲倦了。"

"妈妈心里藏着什么呢?"

她却不说,向我走近来了。天呀,我衰弱的神经又疑心这老婆婆是真的有些发疯的了!

"妈妈,你为什么?"我稍重的又同样问一句。可是这时我瞧见她底眼泪是和冰冻一般挂在她眼上。于是我坐起,垂下头。

"宝贝,你要受寒的呢!"

她底声音颤动地。我问:"你为什么这样叫我?"

她一时没有答。我心里是胡思乱想,可是找不到一点头绪。许久,听她说道:"让我这样叫你一回罢!我失去我永久的宝贝了!我是曾经有过一个宝贝,似你一样的!"

我这才明白了!从最初路上注意看我起,一直到那时,我明白她全部待我的意义了。这时,我才伸出手,怜悯地执着她底手。我没有话,她却不叫我睡,竟呜咽地拥抱起我,紧紧地拥抱起我,恰似我是她失去的宝贝的获得,将头伏在我肩上,许久许久。她不哭了,她对我温和地,简直似母亲般地说:"孩子,睡下去罢,我要使你受凉了。"

我仍没有话,因我不知道说句什么安慰她好。于是我给她扶着睡下了。

我一时睡不着,终于以走了一天旅路的疲倦关系,或者也因为她究竟不是我自己底母亲,所以亦不知什么时候,仍睡去了。

天大亮,醒来。朋友们在窗外讲话,讲的是山里的竹和小鸟。我擦一擦眼,就先看床上的老婆婆,可是床空着,她不在了。亦不知她什么时候出去，昨夜一夜，她有否睡过。我急忙起来，扣好衣服，开出门，迎着朋友，问好了一下。于是和朋友们去找老婆婆，要告别，可是老婆婆不见了。一位长工对我们说，同时眼睛瞧着我，我难以为情地转过脸了。他说："她大概到她儿子那里去了。她有过一个儿子，很好的，今年十六岁，春间，死去了。现在，她时常到她儿子坟上那里去，哭一场。昨晚遇见你们，她就从那里回来。此刻怕又到那里去了，先生们随便走罢！"

两位朋友摇摇头，表示悲哀。一边就拿出八角钱，送给他们，算当昨夜的饭费。长工们再三不肯受，我们终于放着，走出来了。

我心里记念着老婆婆，想对她告别一声，可是没处找她了。

一路走，我没有话，虽则朋友逗我说，我仍没有话。

一年后，我偶然遇着一位住这山村的乡人，打听她底消息，可是据说她早已死了，死的时间和我们经过那的时间一样。

一九二九年七月十八日夜

为奴隶的母亲

她底丈夫是一个皮贩,就是收集乡间各猎户底兽皮和牛皮贩到大埠上出卖的人。但有时也兼做点农作,芒种的时节,便帮人家插秧,他能将每行插得非常直,假如有五人同在一个水田内,他们一定叫他站在第一个做标准。然而境况总是不佳,债是年年积起来了。他大约就因为境况的不佳,烟也吸了,酒也喝了,钱也赌起来了。这样,竟使他变做一个非常凶狠而暴躁的男子,但也就更贫穷下去,连小小的移借,别人也不敢答应了。

在穷底结果得病以后,全身便就成枯黄色,脸孔黄的和小铜鼓一样,连眼白也黄了。别人说他是黄胆病,孩子们也就叫他"黄胖"了。有一天,他向他底妻说:"再也没有办法了,这样下去,连小锅子也都卖去了。我想,还是从你底身上设法罢。你跟着我挨饿,有什么办法呢?"

"我的身上?……"

他底妻坐在灶后,怀里抱着她底刚满五周的小男孩——孩子还在啜着奶,她讷讷地低声地问。

"你,是呀,"她底丈夫病后无力的声音,"我已经将你出典了……"

"什么呀?"他底妻几乎昏去似的。

屋内是稍稍静寂了一息。他气喘着说:"三天前,王狼来坐讨了半天的债回去以后,我也跟着他去,走到了九亩潭边,我很不想要做人了。但是坐在那株爬上去一纵身就可落在潭里的树下，想来想去，总没有勇气跳了。猫头鹰在耳朵边不住地啭，我底心被它叫寒起来，我只得回转身，但在路上，遇见了沈家婆，她问我，晚也晚了，在外做什么。我就告诉她，请她代我借一笔款，或向什么人家的小姐借些衣服或首饰去暂时当一当，免得王狼底狼一般的绿眼睛天天在家里闪烁。可是沈家婆向我笑道：'你还将妻养在家里做什么呢，你自己黄也黄到这个地步了？'我低着头站在她面前没有答，她又说：'儿子呢，你只有一个了，舍不得。但妻——'我当时想：'莫非叫我去把妻卖了么？'而她继续道：'但妻——虽然是结发的，穷了，也没有法。还养在家里做什么呢？'这样，她就直说出：'有一个秀才，因为没有儿子，年纪已五十岁了，想买一个妾；又因他底大妻不允许，只准他典一个，典三年或五年，叫我物色相当的女人：年纪约 30 岁左右，养过两三个儿子的，人要沉默老实，又肯做事，还要对他底大妻肯低眉下首。这次是秀才娘子向我说的，假如条件合，肯出 80 元或 100 元的身价。我代她寻了好几天，总没有相当的女人。'她说，现在碰到我，想起了你来，样样都对的。当时问我底意见怎样，我一边掉了几滴泪，一边却被她催着答应她了。"

说到这里，他垂下头，声音很低弱，停止了。他底妻简直痴似的，话一句没有。又静寂了一息，他继续说："昨天，沈家婆到过秀才底家里，她说秀才很高兴，秀才娘子也喜欢，钱是一百元，年数呢，假如三年养不出儿子，是五年。沈家婆并将日子也拣定了——本月十八，五天后。今天，她写典契去了。"

这时，他底妻简直连腑脏都在颤抖，吞吐着问："你为什么早不对我说？"

"昨天在你底面前旋了三个圈子，可是对你说不出。不过我仔细想，除了将你底身子设法外，再也没有办法了。"

"决定了么？"妇人战着牙齿问。

"只待典契写好。"

"倒霉的事情呀，我！—— 一点也没有别的方法了么？春宝底爸呀！"

春宝是她怀里的孩子底名字。

"倒霉，我也想到过，可是穷了，我们又不肯死，有什么办法？今年，我怕连插秧也不能插了。"

"你也想到过春宝么？春宝还只有五岁，没有娘，他怎么好呢？"

"我领他便是了。本来是断了奶的孩子。"

他似乎渐渐发怒了。也就走出门外去了。她，却呜呜咽咽地哭起来。

这时，在她过去的回忆里，却想起恰恰一年前的事：那时她生下了一个女儿，她简直如死去一般地卧在床上。死还是整个的，她却肢体分作四碎与五裂。刚落地的女婴，在地上的干草堆上叫，"呱呀，呱呀"声音很重的，手脚揪缩。脐带绕在她底身上，胎盘落在一边，她很想挣扎起来给她洗好，可是她底头昂起来，身子凝滞在床上。

这样，她看见她底丈夫，这个凶狠的男子，飞红着脸，提了一桶沸水到女婴的旁边。她简直用了她一生底最后的力向他喊："慢！慢……"但这个病后极凶狠的男子，没有一分钟商量的余地，也不答半句话，就将"呱呀，呱呀"，声音很重的在叫着的女儿，刚出世的新生命，用他底粗暴的两手捧起来，如屠户捧起将杀的小羊一般，扑通，投下在沸水里了！除出沸

水的溅声和皮肉吸收沸水的嘶声以外，女孩一声也不喊——她疑问地想，为什么也不重重地哭一声呢？竟这样不响地愿意冤枉死去么？啊！——她转念，那是因为她自己当时昏过去的缘故，她当时宛去了心一般地昏去了。

想到这里，似乎泪竟干涸了。"唉！苦命呀！"她低低地叹息了一声。这时春宝拔出了奶头，向他底母亲的脸上看，一边叫："妈妈！妈妈！"

在她将离别底前一晚，她拣了房子底最黑暗处坐着。

一盏油灯点在灶前，萤火那么的光亮。她，手里抱着春宝，将她底头贴在他底头发上。她底思想似乎浮漂在极远，可是她自己捉摸不定远在那里。于是慢慢地跑回来，跑到眼前，跑到她底孩子底身上。她向她底孩子低声叫：

"春宝，宝宝！"

"妈妈。"孩子含着奶头答。

"妈妈明天要去了……"

"唔……"孩子似不十分懂得，本能地将头钻进他母亲底胸膛。

"妈妈不回来了，三年内不能回来了！"

她擦一擦眼睛，孩子放松口子问："妈妈那里去呢？庙里么？"

"不是，三十里路外，一个姓李的家。"

"我也去。"

"宝宝去不得的。"

"呃！"孩子反抗地，又吸着并不多的奶。

"你跟爸爸在家里，爸爸会照料宝宝的：同宝宝睡，也带宝宝玩，你听爸爸底话好了。过三年……"

她没有说完,孩子要哭似的说:"爸爸要打我的!"

"爸爸不再打你了。"同时用她底左手抚摸着孩子底右额,在这上,有他父亲在杀死他刚生下的妹妹后第三天,用锄柄敲他,肿起而又平复了的伤痕。

她似要还想对孩子说话,她底丈夫踏进门了。他走到她底面前,一只手放在袋里,掏取着什么,一边说:"钱已经拿来七十元了。还有三十元要等你到了后十天付。"

停了一息说:"也答应轿子来接。"

又停了一息:"也答应轿夫一早吃好早饭来。"

这样,他离开了她,又向门外走出去了。

这一晚,她和她底丈夫都没有吃晚饭。

第二天,春雨竟滴滴淅淅地落着。

轿是一早就到了。可是这妇人,她却一夜不曾睡。她先将春宝底几件破衣服都修补好。春将完了,夏将到了,可是她连孩子冬天用的破烂棉袄都拿出来,移交给他底父亲——实在,他已经在床上睡去了。以后,她坐在他底旁边,想对他说几句话,可是长夜是迟延着过去,她底话一句也说不出,而且,她大着胆向他叫了几声,发了几个听不清楚的音,声音在他底耳外,她也就睡下不说了。

等她蒙蒙眬眬地刚离开思索将要睡去,春宝又醒了。

他就推叫他底母亲,要起来。以后当她给他穿衣服的时候,向他说:"宝宝好好地在家里,不要哭,免得你爸爸打你。以后妈妈常买糖果来,买给宝宝吃,宝宝不要哭。"

而小孩子竟不知道悲哀是什么一回事,张大口子"唉,唉,"地唱起来了。她在他底唇边吻了一吻,又说:"不要唱,你爸爸被你唱醒了。"

轿夫坐在门首的板凳上,抽着旱烟,说着他们自己要听的话。一息,邻村的沈家婆也赶到了。一个老妇人,熟悉世故的媒婆,一进门,就拍拍她身上的雨点,向他们说:"下雨了,下雨了,这是你们家里此后会有滋长的预兆。"

老妇人忙碌似的在屋内旋了几个圈,对孩子底父亲说了几句话,意思是讨酬报。因为这件契约之能订的如此顺利而合算,实在是她底力量。

"说实在话,春宝底爸呀,再加五十元,那老头子可以买一房妾了。"她说。

于是又转向催促她——妇人却抱着春宝,这时坐着不动。老妇人声音很高地:"轿夫要赶到他们家里吃中饭的,你快些预备走呀!"

可是妇人向她瞧了一瞧,似乎说:"我实在不愿离开呢!让我饿死在这里罢!"

声音是在她底喉下,可是媒婆懂得了,走近到她前面,眯眯地向她笑说:"你真是一个不懂事的丫头,黄胖还有什么东西给你呢?那边真是一份有吃有剩的人家,两百多亩田,经济是宽裕,房子是自己底,也雇着长工养着牛。大娘底性子是极好的,对人非常客气,每次看见人总给人一些吃的东西。那老头子——实在并不老,脸是很白白的,也没有留胡子,因为读了书,背有些偻偻的,斯文的模样。可是也不必多说,你一走下轿就看见的,我是一个从不说谎的媒婆。"

妇人拭一拭泪,极轻地:"春宝……我怎么能抛开他呢!"

"不用想到春宝了,"老妇人一手放在她底肩上,脸凑近她和春宝。"有五岁了,古人说:'三周四岁离娘身,'可以离开你了。只要你底肚子争气些,到那边,也养下一二个来,万事都好了。"

轿夫也在门首催起身了,他们噜苏着说:"又不是新娘子,啼啼哭哭的。"

这样,老妇人将春宝从她底怀里拉去,一边说:"春宝让我带去罢。"

小小的孩子也哭了,手脚乱舞的,可是老妇人终于给他拉到小门外去。当妇人走进轿门的时候,向他们说:"带进屋里来罢,外边有雨呢。"

她底丈夫用手支着头坐着,一动没有动,而且也没有话。

两村的相隔有三十里路,可是轿夫的第二次将轿子放下肩,就到了。春天的细雨,从轿子底布篷里飘进,吹湿了她底衣衫。一个脸孔肥肥的,两眼很有心计的五十四五岁的老妇人来迎她,她想:这当然是大娘了。可是只向她满面羞涩地看一看,并没有叫。她很亲昵似的将她牵上阶沿,一个长长的瘦瘦的而面孔圆细的男子就从房里走出来。他向新来的少妇,仔细地瞧了瞧,堆出满脸的笑容来,向她问:"这么早就到了么?可是打湿你底衣裳了。"

而那位老妇人,却简直没有顾到他底说话,也向她问:"还有什么在轿里么?"

"没有什么了。"少妇答。

几位邻舍的妇人站在大门外,探头张望着,可是她们走进屋里面了。

她自己也不知道这究竟为什么,她底心老是挂念着她底旧的家,掉不下她的春宝。这是真实而明显的,她应庆祝这将开始的三年的生活——这个家庭,和她所典给他的丈夫,都比曾经过去的要好,秀才确是一个温良和善的人,讲话是那么地低声,连大娘,实在也是一个出乎意料之外的妇人,她底态度之殷勤和滔滔的一席话:说她和她丈夫底过去的生活之经过,从美满而漂亮的结婚生活起,一直到现在,中间的30年。她曾做过一次的产,十五六年以前了,养了一个男孩子,据她说,是一个极美丽又极聪明的婴儿,可是不到十个月,竟患了天花死去了。这样,以后就没有再养过第二个。在她底意思中,似乎——似乎——早就叫她底丈夫娶一房妾。可是他,不知是爱她呢,还是没有相当的人——这一层她并没有说清楚。于是,就一直到现在。这样,竟说得这个具着朴素的心地的她,一时酸,一会苦,一时甜上心头,一时又咸的压下去了。最后,这个老妇人并将她底希望也向她说出来了。她底脸是娇红的,可是老妇人说:"你是养过三四个孩子的女人了,当然,你是知道什么的,你一定知道的还比我多。"

这样,她说着走开了。

当晚,秀才也将家里底种种情形告诉她,实际,不过是向她夸耀或求媚罢了。她坐在一张橱子的旁边,这样的红的木橱,是她旧的家所没有的,她眼睛白晃晃地瞧着它。秀才也就坐到橱子底面前来,问她:"你叫什么名字呢?"

她没有答,也并不笑,站起来,走到床底前面,秀才也跟到床底旁边,更笑地问她:"怕羞么?哈,你想你底丈夫么?哈,哈,现在我是你底丈夫了。"声音是轻轻的,又用手去牵着她底袖子。"不要愁罢!你也想你底孩子的,是不是?不过——"

他没有说完,却又哈的笑了一声,他自己脱去他外面的长衫了。

她可以听见房外的大娘底声音在高声地骂着什么人,她一时听不出在骂谁，骂烧饭的女仆，又好像骂她自己，可是因为她底怨恨，仿佛又是为她而发的。秀才在床上叫道："睡罢，她常是这么噜噜苏苏的。她以前很爱那个长工，因为长工和烧饭的黄妈多说话，她却常要骂黄妈的。"

　　日子是一天天地过去了。旧的家，渐渐地在她底脑子里疏远了，而眼前，却一步步地亲近她使她熟悉。虽则，春宝底哭声有时竟在她底耳朵边响，梦中，她也几次地遇到过他了。可是梦是一个比一个缥缈，眼前的事务是一天比一天繁多。她知道这个老妇人是猜忌多心的，外表虽则对她还算大方，可是她底嫉妒的心是和侦探一样，监视着秀才对她的一举一动。有时，秀才从外面回来，先遇见了她而同她说话，老妇人就疑心有什么特别的东西买给她了，非在当晚，将秀才叫到她自己底房内去，狠狠地训斥一番不可。"你给狐狸迷着了么？""你应该称一称你自己底老骨头是多么重！"像这样的话，她耳闻到不止一次了。

　　这样以后，她望见秀才从外面回来而旁边没有她坐着的时候，就非得急忙避开不可。即使她在旁边，有时也该让开一些，但这种动作，她要做的非常自然，而且不能让旁人看出，否则，她又要向她发怒，说是她有意要在旁人的前面暴露她大娘底丑恶。而且以后，竟将家里的许多杂务都堆积在她底身上，同一个女仆那样。她还算是聪明的，有时老妇人底换下来的衣服放着，她也给她拿去洗了，虽然她说："我底衣服怎么要你洗呢？就是你自己底衣服，也可叫黄妈洗的。"可是接着说："妹妹呀，你最好到猪栏里去看一看，那两只猪为什么这样喁喁叫的，或者因为没有吃饱罢，黄妈总是不肯给它们吃饱的。"

八个月了，那年冬天，她底胃却起了变化：老是不想吃饭，想吃新鲜的面，番薯等。但番薯或面吃了两餐，又不想吃，又想吃馄饨，多吃又要呕。而且还想吃南瓜和梅子——这是六月里的东西，真稀奇，向那里去找呢？秀才是知道在这个变化中所带来的预告了。他整日地笑微微，能找到的东西，总忙着给她找来。他亲身给她到街上去买橘子，又托便人买了金柑来。他在廊沿下走来走去，口里念念有词的，不知说什么。他看她和黄妈磨过年的粉，但还没有磨了三升，就向她叫："歇一歇罢，长工也好磨的，年糕是人人要吃的。"

有时在夜里，人家谈着话，他却独自拿了一盏灯，在灯下，读起《诗经》来了：

关关雎鸠，在河之洲，窈窕淑女，君子好逑——

这时长工向他问："先生，你又不去考举人，还读它做什么呢？"

他却摸一摸没有胡子的口边，怡悦地说道："是呀，你也知道人生底快乐么？所谓：'洞房花烛夜，金榜挂名时。'你也知道这两句话底意思么？这是人生底最快乐的两件事呀！可是我对于这两件事都过去了，我却还有比这两件更快乐的事呢？"

这样，除了他底两个妻以外，其余的人们都大笑了。

这些事，在老妇人眼睛里是看得非常气恼了。她起初闻到她底受孕也欢喜，以后看见秀才的这样奉承她，她却怨恨她自己肚子底不会还债了。有一次，次年三月了，这妇人因为身体感觉不舒服，头有些痛，睡了三天。秀才呢，也愿她歇息歇息，更不时地问她要什么，而老妇人却着实地发怒了。她说她装娇，噜噜苏苏地也说了三天。她先是恶意地讥嘲她：说是一到秀才底家里就高贵起来了,什么腰酸呀,头痛呀,姨太太的架子也都摆出来了;以前在她自己底家里,她不相信她有这样的娇养,恐怕竟和街头的母狗一样,肚子里有着一肚皮的小狗,临产了,还要到处地奔求着食物。现在呢,因为"老东西"——这是秀才的妻叫秀才的名字——趋奉了她,就装着娇滴滴的样子了。

"儿子,"她有一次在厨房里对黄妈说,"谁没有养过呀?我也曾怀过十个月的孕,不相信有这么的难受。而且,此刻的儿子,还在'阎罗王的簿里',谁保的定生出来不是一只癞虾蟆呢?也等到真的'鸟儿'从洞里钻出来看见了,才可在我底面前显威风,摆架子,此刻,不过是一块血的猫头鹰,就这么的装腔,也显得太早一点!"

当晚这妇人没有吃晚饭,这时她已经睡了,听了这一番婉转的冷嘲与热骂,她呜呜咽咽地低声哭泣了。秀才也带衣服坐在床上,听到浑身透着冷汗,发起抖来。他很想扣好衣服,重新走起来,去打她一顿,抓住她底头发狠狠地打她一顿,泄泄他一肚皮的气。但不知怎样,似乎没有力量,连指也颤动,臂也酸软了,一边轻轻地叹息着说:"唉,一向实在太对她好了。结婚了三十年,没有打过她一掌,简直连指甲都没有弹到她底皮肤上过,所以今日,竟和娘娘一般地难惹了。"

同时,他爬过到床底那端,她底身边,向她耳语说:"不要哭罢,不要哭罢,随她吠去好了!她是阉过的母鸡,看见别人的孵卵是难受的。假如你这一次真能养出一个男孩子来,我当送你两样宝贝——我有一只青玉的戒指,一只白玉的……"

他没有说完,可是他忍不住听下门外的他底大妻底喋喋的讥笑的声音,他急忙地脱去衣服,将头钻进被窝里去,凑向她底胸膛,一边说:"我有白玉的……"

　　肚子一天天地膨胀的如斗那么大,老妇人终究也将产婆雇定了,而且在别人的面前,竟拿起花布来做婴儿用的衣服。

　　酷热的暑天到了尽头,旧历的六月,他们在希望的眼中过去了。秋开始,凉风也拂拂地在乡镇上吹送。于是有一天,这全家的人们都到了希望底最高潮,屋里底空气完全地骚动起来。秀才底心更是异常的紧张,他在井上不断地徘徊,手里捧着一本历书,好似要读它背诵那么地念去——"戊辰","甲戌","壬寅之年",老是反复地轻轻地说着。有时他底焦急的眼光向一间关了窗的房子望去——

　　在这间房子内是有产母底低声呻吟的声音。有时他向天上望一望被云笼罩着的太阳,于是又走向房门口,向站在房门内的黄妈问:"此刻如何?"

　　黄妈不住地点着头不做声响,一息,答:"快下来了,快下来了。"

　　于是他又捧了那本历书,在廊下徘徊起来。

　　这样的情形,一直继续到黄昏底青烟在地面起来,灯火一盏盏的如春天的野花般在屋内开起,婴儿才落地了,是一个男的。婴儿底声音是很重地在屋内叫,秀才却坐在屋角里,几乎快乐到流出眼泪来了。全家的人都没有心思吃晚饭,在平淡的晚餐席上,秀才底大妻向用人们说道:"暂时瞒一瞒罢,给小猫头避避晦气,假如别人问起,也答养一个女的好了。"

　　他们都微笑地点点头。

　　一个月以后,婴儿底白嫩的小脸孔,已在秋天的阳光里照耀了。这个少妇给他哺着奶,邻舍的妇人围着他们瞧,有的称赞婴儿底鼻子好,有的称赞婴儿底口子好,有的称赞婴儿底两耳好；更有的称赞婴儿底母亲，也比以前好，白而且壮了。老妇人却正像老祖母那么地吩咐着，保护着，这时开始说："够了，不要弄他哭了。"

关于孩子底名字，秀才是煞费苦心地想着，但总想不出一个相当的字来。据老妇人底意见，还是从"长命富贵"或"福禄寿喜"里拣一个字，最好还是"寿"字或与"寿"同意义的字，如"其颐"，"彭祖"等。但秀才不同意，以为太通俗，人云亦云的名字。于是翻开了《易经》，《书经》，向这里面找，但找了半月，一月，还没有恰贴的字。在他底意思：以为在这个名字内，一边要祝福孩子，一边要包含他底老而得子底蕴义，所以竟不容易找。这一天，他一边抱着三个月的婴儿，一边又向书里找名字，戴着一副眼镜，将书递到灯底旁边去。婴儿底母亲呆呆地坐在房内底一边，不知思想着什么，却忽然开口说道："我想，还是叫他'秋宝'罢。"屋内的人们底几对眼睛都转向她，注意地静听着："他不是生在秋天吗？秋天的宝贝——还是叫他'秋宝'罢。"

秀才立刻接着说道："是呀，我真极费心思了。我年过半百，实在到了人生的秋期；孩子也正养在秋天。'秋'是万物成熟的季节，秋宝，实在是一个很好的名字呀！而且《书经》里没么？'乃亦有秋'，我真乃亦有'秋'了！"

接着，又称赞了一通婴儿底母亲：说是呆读书实在无用，聪明是天生的。这些话，说的这妇人连坐着都觉得局促不安，垂下头，苦笑地又含泪地想："我不过因春宝想到罢了。"

秋宝是天天成长的非常可爱地离不开他底母亲了。他有出奇的大的眼睛，对陌生人是不倦地注视地瞧着，但对他底母亲，却远远地一眼就知道了。他整天地抓住了他底母亲，虽则秀才是比她还爱他,但不喜欢父亲。秀才底大妻呢,表面也爱他,似爱她自己亲生的儿子一样,但在婴儿底大眼睛里,却看她似陌生人,也用奇怪的不倦的视法。可是他执住他底母亲愈紧,而他底母亲的离开这家的日子也愈近了。春天底口子咬住了冬天底尾巴;而夏天底脚又常是紧随着在春天底身后的。这样,谁都将孩子底母亲底三年快到的问题横放在心头上。

秀才呢,因为爱子的关系,首先向他底大妻提出来了,他愿意再拿出一百元钱,将她永远买下来。可是他底大妻底回答是:"你要买她,那先给我药死罢!"

秀才听到这句话,气的只向鼻孔放出气,许久没有说,以后,他反而做着笑脸地:"你想想孩子没有娘……"

老妇人也尖利地冷笑地说:"我不好算是他底娘么?"

在孩子底母亲的心里,却正矛盾着这两种的冲突了:一边,她底脑里老是有"三年"这两个字,三年是容易过去的,于是她底生活便变做在秀才底家里底用人似的了。

而且想象中的春宝,也同眼前的秋宝一样活泼可爱,她既舍不得秋宝,怎么就能舍得掉春宝呢?可是另一边,她实在愿意永远在这新的家里住下去,她想,春宝的爸爸不是一个长寿的人,他底病一定是在三五年之内要将他带走到不可知的异国里去的。于是,她便要求她底第二个丈夫,将春宝也领过来,这样,春宝也在她底眼前。有时,她倦坐在房外的沿廊下,初夏的阳光,异常地能令人昏朦地起幻想,秋宝睡在她底怀里,含着她底乳,可是她觉得仿佛春宝同时也站在她底旁边,她伸出手去也想将春宝抱近来,她还要对他们兄弟两人说几句话,可是身边是空空的。

在身边的较远的门口,却站着这位脸孔慈善而眼睛凶毒的老妇人,目光注视着她。这样,她也恍恍惚惚地敏悟:"还是早些脱离罢,她简直探子一样地监视着我了。"可是忽然怀内的孩子一叫,她却又什么也没有的只剩着眼前的事实来支配她了。

以后,秀才又将计划修改了一些:他想叫沈家婆来,叫她向秋宝底母亲底前夫去说,他愿否再拿进三十元——最多是五十元,将妻续典三年给秀才。秀才对他底大妻说:"要是秋宝到五岁,是可以离开娘了。"

他底大妻正是手里捻着念佛珠,一边在念着"南无阿弥陀佛,"一边答:"她家里也还有前儿在,你也应放她和她底结发丈夫团聚一下罢。"

秀才低着头,断断续续地仍然这样说:"你想想秋宝两岁就没有娘……"

可是老妇人放下念佛珠说:"我会养的,我会管理他的,你怕我谋害了他么?"

秀才一听到末一句话,就拔步走开了。老妇人仍在后面说:"这个儿子是帮我生的,秋宝是我底;绝种虽然是绝了你家底种,可是我却仍然吃着你家底餐饭。你真被迷了,老昏了,一点也不会想了。你还有几年好活,却要拼命拉她在身边?双连牌位,我是不愿意坐的!"

老妇人似乎还有许多刻毒的锐利的话,可是秀才走远开听不见了。

在夏天,婴儿底头上生了一个疮,有时身体稍稍发些热,于是这位老妇人就到处地问菩萨,求佛药,给婴儿敷在疮上,或灌下肚里,婴儿底母亲觉得并不十分要紧,反而使这样小小的生命哭成一身的汗珠,她不愿意,或将吃了几口的药暗地里拿去倒掉了。于是这位老妇人就高声叹息，向秀才说："你看，她竟一点也不介意他底病，还说孩子是并不怎样瘦下去。爱在心里的是深的；专疼表面是假的。"

这样，妇人只有暗自挥泪，秀才也不说什么话了。

秋宝一周纪念的时候，这家热闹地排了一天的酒筵，客人也到了三四十，有的送衣服，有的送面，有的送银制的狮，给婴儿挂在胸前的，有的送镀金的寿星老头儿，给孩子钉在帽上的，许多礼物，都在客人底袖子里带来了。他们祝福着婴儿的飞黄腾达，赞颂着婴儿的长寿永生。主人底脸孔，竟是荣光照耀着，有如落日的云霞反映着在他底颊上似的。

可是在这天，正当他们筵席将举行的黄昏时，来了一个客，从朦胧的暮光中向他们底天井走进，人们都注意他：一个憔悴异常的乡人，衣服补衲的，头发很长，在他底腋下，挟着一个纸包。主人骇异地迎上前去，问他是那里人，他口吃似地答了，主人一时糊涂的，但立刻明白了，就是那个皮贩。主人更轻轻地说："你为什么也送东西来呢？你真不必的呀！"

来客胆怯地向四周看看，一边答说："要，要的……我来祝……祝这个宝贝长寿千……"

他似没有说完，一边将腋下的纸包打开来了，手指颤动地打开了两三重的纸，于是拿出四只铜制镀银的字，一方寸那么大，是"寿比南山"四字。

秀才底大娘走来了，向他仔细一看，似乎不大高兴。

秀才却将他招待到席上，客人们互相私语着。

两点钟的酒与肉，将人们弄得胡乱与狂热了：他们高声猜着拳，用大碗盛着酒互相比赛，闹得似乎房子都被震动了。只有那个皮贩，他虽然也喝了两杯酒，可是仍然坐着不动，客人们也不招呼他。等到兴尽了，于是各人草草地吃了一碗饭，互祝着好话，从两两三三的灯笼光影中，走散了。

而皮贩，却吃到最后，用人来收拾羹碗了，他才离开了桌，走到廊下的黑暗处。在那里，他遇见了他底被典的妻。

"你也来做什么呢？"妇人问，语气是非常凄惨的。

"我那里又愿意来，因为没有法子。"

"那么你为什么来的这样晚？"

"我那里来买礼物的钱呀？！奔跑了一上午，哀求了一上午，又到城里买礼物，走得乏了，饿了，也迟了。"

妇人接着问："春宝呢？"

男子沉吟了一息答："所以，我是为春宝来的。……"

"为春宝来的？"妇人惊异地回音似地问。

男人慢慢地说："从夏天来，春宝是瘦的异样了。到秋天，竟病起来了。我又那里有钱给他请医生吃药，所以现在，病是更厉害了！再不想法救救他，眼见得要死了！"

静寂了一刻，继续说："现在，我是向你来借钱的……"

这时妇人底胸膛内，简直似有四五只猫在抓她，咬她，咀嚼着她底心脏一样。她恨不得哭出来，但在人们个个向秋宝祝颂的日子，她又怎么好跟在人们底声音后面叫哭呢？她吞下她底眼泪，向她底丈夫说："我又那里有钱呢？我在这里，每月只给我两角钱的零用，我自己又那里要用什么，悉数补在孩子底身上了。现在，怎么好呢？

他们一时没有话，以后，妇人又问："此刻有什么人照顾着春宝呢？"

"托了一个邻舍。今晚，我仍旧想回家，我就要走了。"

他一边说着，一边揩着泪。女的同时哽咽着说："你等一下罢,我向他去借借看。"

她就走开了。

三天以后的一天晚上,秀才忽然问这妇人道:"我给你的那只青玉戒指呢?"

"在那天夜里,给了他了。给了他拿去当了。"

"没有借你五块钱么?"秀才愤怒地。

妇人低着头停了一息答:"五块钱怎么够呢!"

秀才接着叹息说:"总是前夫和前儿好,无论我对你怎么样!本来我很想再留你两年的,现在,你还是到明春就走罢!"

女人简直连泪也没有地呆着了。

几天后,他还向她那么地说:"那只戒指是宝贝,我给你是要你传给秋宝的,谁知你一下就拿去当了!幸得她不知道,要是知道了。有三个月好闹了!"

妇人是一天天地黄瘦了。没有精彩的光芒在她底眼睛里起来,而讥笑与冷骂的声音又充塞在她底耳内了。她是时常记念着她底春宝的病的,探听着有没有从她底本乡来的朋友,也探听着有没有向她底本乡去的便客,她很想得到一个关于"春宝的身体已复原"的消息,可是消息总没有;她也想借两元钱或买些糖果去,方便的客人又没有,她不时地抱着秋宝在门首过去一些的大路边,眼睛望着来和去的路。这种情形却很使秀才底大妻不舒服了,她时常对秀才说:"她那里愿意在这里呢,她是极想早些飞回去的。"

有几夜,她抱着秋宝在睡梦中突然喊起来,秋宝也被吓醒,哭起来了。秀才就追逼地问:"你为什么?你为什么?"

可是女人拍着秋宝,口子哼哼的没有答。秀才继续说:"梦着你底前儿死了么,那么地喊?连我都被你叫醒了。"

女人急忙地一边答："不，不……好像我底前面有一圹坟呢！"

秀才没有再讲话，而悲哀的幻象更在女人底前面展现开来，她要走向这坟去。

冬末了，催离别的小鸟，已经到她底窗前不住地叫了。先是孩子断了奶，又叫道士们来给孩子度了一个关，于是孩子和他亲生的母亲的别离——永远的别离的命运就被决定了。

这一天，黄妈先悄悄地向秀才底大妻说："叫一顶轿子送她去么？"

秀才底大妻还是手里捻着念佛珠说："走走好罢，到那边轿钱是那边付的，她又那里有钱呢，听说她底亲夫连饭也没得吃，她不必摆阔了。路也不算远，我也是曾经走过三四十里路的人，她底脚比我大，半天可以到了。"

这天早晨当她给秋宝穿衣服的时候，她底泪如溪水那样地流下，孩子向她叫："婶婶，婶婶，"——因为老妇人要他叫她自己是"妈妈"，只准叫她是"婶婶"——她向他咽咽地答应。她很想对他说几句话，意思是："别了，我底亲爱的儿子呀！你底妈妈待你是好的，你将来也好好地待还她罢，永远不要再记念我了！"

可是她无论怎样也说不出。她也知道一周半的孩子是不会了解的。

秀才悄悄地走向她，从她背后的腋下伸进手来，在他底手内是十枚双毫角子，一边轻轻说："拿去罢，这两块钱。"

妇人扣好孩子底钮扣，就将角子塞在怀内的衣袋里。

老妇人又进来了，注意着秀才走出去的背后，又向妇人说："秋宝给我抱去罢，免得你走时他哭。"

妇人不做声响，可是秋宝总不愿意，用手不住地拍在老妇人底脸上。于是老妇人生气地又说："那么你同他去吃早饭去罢，吃了早饭交给我。"

黄妈拼命地劝她多吃饭，一边说："半月来你就这样了，你真比来的时候还瘦了。你没有去照照镜子。今天，吃一碗下去罢，你还要走三十里路呢。"

她只不关紧要地说了一句："你对我真好！"

但是太阳是升的非常高了，一个很好的天气，秋宝还是不肯离开他底母亲，老妇人便狠狠地将他从她底怀里夺去，秋宝用小小的脚踢在老妇人底肚子上，用小小的拳头搔住她底头发，高声呼喊她。妇人在后面说："让我吃了中饭去罢。"

老妇人却转过头，汹汹地答："赶快打起你底包袱去罢，早晚总有一次的！"

孩子底哭声便在她底耳内渐渐远去了。

打包裹的时候，耳内是听着孩子底哭声。黄妈在旁边，一边劝慰着她，一边却看她打进什么去。终于，她挟着一只旧的包裹走了。

她离开他底大门时，听见她底秋宝的哭声；可是慢慢地远远地走了三里路了，还听见她底秋宝的哭声。

暖和的太阳所照耀的路，在她底面前竟和天一样无穷止地长。当她走到一条河边的时候，她很想停止她底那么无力的脚步，向明澈可以照见她自己底身子的水底跳下去了。但在水边坐了一会之后，她还得依前去的方向，移动她自己底影子。

太阳已经过午了，一个村里的一个年老的乡人告诉她，路还有十五里，于是她向那个老人说："伯伯，请你代我就近叫一顶轿子罢，我是走不回去了！"

"你是有病的么?"老人问。

"是的。"

她那时坐在村口的凉亭里面。

"你从那里来?"

妇人静默了一时答:"我是向那里去的;早晨我以为自己会走的。"

老人怜悯地也没有多说话,就给她找了两位轿夫,一顶没篷的轿。因为那是下秧的时节。

下午三四时的样子,一条狭窄而污秽的乡村小街上,抬过了一顶没篷的轿子,轿里躺着一个脸色枯萎如同一张干瘪的黄菜叶那么的中年妇人,两眼蒙眬地颓唐地闭着。

嘴里的呼吸只有微弱地吐出。街上的人们个个睁着惊异的目光,怜悯地凝视着过去。一群孩子们,争噪地跟在轿后,好像一件奇异的事情落到这沉寂的小村镇里来了。

春宝也是跟在轿后的孩子们中底一个,他还在似赶猪那么地哗着轿走,可是当轿子一转一个弯,却是向他底家里去的路,他却伸直了两手而奇怪了,等到轿子到了他家里的门口,他简直呆似地远远地站在前面的,背靠在一株柱子上,面向着轿,其余的孩子们胆怯地围在轿的两边。

妇人走出来了,她昏迷的眼睛还认不清站在前面,穿着褴褛的衣服,头发蓬乱的,身子和三年前一样的短小,那个八岁的孩子是她底春宝。突然,她哭出来地高叫了:"春宝呀!"

一群孩子们,个个无意地吃了一惊,而春宝简直吓的躲进屋内他父亲那里去了。

妇人在灰暗的屋里坐了许久许久,她和她底丈夫都没有一句话。夜色降落了,他下垂的头昂起来,向她说:"烧饭吃罢！"

　　妇人就不得已地站起来，向屋角上旋转了一周，一点也没有气力地对她丈夫说："米缸内是空空的……"

　　男人冷笑了一声，答说："你真在大人家底家里生活过了！米，盛在那只香烟盒子内。"

　　当天晚上，男子向他底儿子说："春宝，跟你底娘去睡！"

　　而春宝却靠在灶边哭起来了。他底母亲走近他，一边叫："春宝，春宝！"

　　可是当她底手去抚摸他底时候，他又躲闪开了。男子加上说："会生疏得那么快，一顿打呢！"

　　她眼睁睁地睡在一张龌龊的狭板床上，春宝陌生似地睡在她底身边。在她底已经麻木的脑内，仿佛秋宝肥白可爱地在她身边挣动着，她伸出两手想去抱，可是身边是春宝。这时，春宝睡着了，转了一个身，他底母亲紧紧地将他抱住，而孩子却从微弱的鼾声中，脸伏在她底胸膛上，两手抚摩着她底两乳。

　　沉静而寒冷的死一般的长夜，似无限地拖延着，拖延着……

一九三〇年一月二十日

无聊的谈话

秋雨滴滴淅淅的落着,正如打在我底心上一样,使我底心染湿了秋色的幽秘,反应出人生底零落和无聊来。

实在,这样的椅子,于我不适合!恐怕因为太软,正要推翻了去找那岩石砌成的坐着。但又茫茫何处呢?无可如何,还是永远去兀然立着,做个古庙厢旁里底菩萨。然而体弱的我,又难化筋肉为泥木!宇宙啊!你为什么生出一个"我"底大谜啊?

我现在正在一间受三分之一的光线的房里徘徊。耳朵浸在雨声里,眼看那不红不白的地板,手拌着背后,自然而无意义地走动两脚——踯躅之声,打着雨奏的歌曲底拍子。

两个孩子,正躺在我底床上,谈些我所不懂的话。以后,女孩说:"先生!你很没趣罢?"

"是的!"

"为什么没趣呢?你能告诉我吗?"

"不能,因为我底心太秘密,不许口子去告诉别人知道。"

我一边仍在徘徊,一边慢慢地答她。她想了一息,说道:"我知道你了,你在想你的妻子?是么?"

"不,决不。"

"想你底父母?"

"也不。"

"呵,想将来?"

"不过猜到了我没趣的十分之一。"

"你还为什么呢？哇！知道了，中饭还没吃，肚里饿了！"

说着她也自觉得，微笑起来了，我即说："不是，不是！你究竟不能知道我底心，愈猜愈远了。"

"你为什么不能告诉我呢？我底心事，你都知道，你自己说明白我心内之十分之八。你连一分都不能告诉我么？我又不和别人讲。哈哈，你以为我是一个小孩子，哈哈。"

她底笑声里，藏着一腔无名的意义，很使我底心潮起了一种不自然的波浪。所以我说："我知道你底心不像小孩子，可是我总不能令世界上随便谁人，明白而安慰我心之惆怅！所以在我底今生，总没有可告之对象了！对象就是领受我底怨诉而同情和解慰我的人。由是，我更恨我生之无为！宇宙间我是人类底孤独者！"

说到此我底心不由得更为辛酸起来。停了一息，接着说："我只有等待死后，或者会有知心者，来领接我底悲哀，一洒同情之泪！所以我底快乐，也只可望诸来世了！"

她听了我底话，好似感到了深深的幽处。两眼斜斜地一默，表出辽远的感情，对我说："你不爱你底妻子么？这是你自己的不好。"

"并不是不爱，伊或者也能同情我底怨诉，可是，没法领受我。"

"为什么呢？你可写在纸上寄给她。我有时觉得心里闷着许多话，要待告诉，可是没处可告诉，我就抽出纸，写在纸上。写好了，自己读读，几分没趣也借此可忘记了。至于你，更可寄这纸于你妻子，多少快乐啊！"

我这时也只有对她叹了一口气，因为我底不幸的妻子不是如她所想象的这么一个。她接着说道:"我还有,不过这话你不能告诉别人,我现在告诉你——我有时像有许多许多……说不出哟!……就是'爱!'要到别人。而一看,竟没一人可被我爱!唉,我真觉得烦恼啊!"

说到这里,她将身一翻,指着睡在身边的她底弟弟,——他是抱着一只猫,正和猫玩。说:"同他讲讲,又不懂,而且不理,他是一个呆子!——他是我的哥哥便好了。"

于是我问:"你不爱你底父母么?"

"啐!他们是摆出大人的样子,哪个高兴和他们讲。他们专功讲嗜好,讲应酬,忙也忙煞。"

"你不爱么?"

我是一个无聊的问。

"爱总是爱的。爸爸不愿意……总之,他们是父母,我恨没有我同样的一个人,以先,在外国,还有一个 LiLi,她能明白我心思底一半。真有趣哟,有时放了学,心里烦恼起来,我就邀她同道,带了一点酒,几片饼干,到山上去,在树荫下坐着吃吃谈谈,烦恼就完全忘记了。现在,唉!一个都没有!"

她摇摇头,作相逢无知己之叹。我实在想,她底心里有我是她底一个先生的观念,否则,减了十岁和她同庚,她一定感到我是她底一个知心啊!我一边自恨,一边笑笑对她说:"你可期待将来天帝定会差遣一个你底知心者到你底面前来,你可期待。"

她奇怪起来,侧转了头说:"有这样好?"

"一定的,再过几年。可怜我是没有'几年'可期待了!"

她一想,她很明白了我话中底幽秘,她说道:"是否指丈夫呵?啐!我不愿结婚的!何苦,同男人结婚,丧失了自己。"

"有不丧失你自己的男人，会同你结婚的。"

"无论如何不！就结婚也同保贞结婚，不好同女人结婚的么？将来我决定或者不结婚，或者同保贞结婚。"

她说到这里，实在不懂得结婚的意义（不过这正是她现在所切心研究的一个问题，因为她是13岁了），所以更表出洋洋自得的样子，弯弯头说道："我将来一定提倡男人和男人结婚，女人和女人结婚，省得性子不同，时常争闹。"

我不觉十分注目视她，我底徘徊也就被她停止了，心里动荡着无边际的幽秘，就随口说道："正以性子不同，要男女结婚。"

说好了，我立刻觉得不好，不该以这话提示她。她问道："奇怪哉！我不懂，为什么缘故呢？"

所以我说道："请你不必讨论这个问题罢。你再等几年，自然会明白人生底意义的。我和你一样大的时候，也时时留心这些问题。到现在，一回想，就觉懊悔不迭。即此刻，也更使我没趣了！我不能明白和你说出来，我很抱歉。不过，就说出来，也没意思，望你绝对不想它就是了。"

我依然徘徊。她呢，更为我静默了。慢慢地说："我晓得你是不肯讲。不过，奇怪，为什么不肯讲呢？我也晓得几分，不完全明白就是，究竟有什么稀奇呢？你总以为我是一个小孩子。但你不讲，我更要想它！一个人总有好奇心的。"

我不愿再咀嚼这苦心麻口的话，逗引她更入进一步的幻境。所以我说："此时，你底好奇心更使我没趣了！但无论如何对之总不能解决。不得已，我想将这渺渺千里无归依的无聊，哀诉我底纸，再焚化我底纸而升上天庭，启奏玉帝，任凭玉帝底感想而发付我。——请你俩到楼上去玩一刻罢。"

她就立刻起来问道:"写信给师母么?"

"不,伊非玉帝,没有接受我底哀诉的权力!"

此刻男孩也玩够了,听了姐姐底话,好似得到秘密的消息发觉般,跳起笑道:"要写信给师母!要写信给师母!"

于是他俩走了。其实,天呀!非特说写给妻子,而且叫我怎样写呢?除非有天使般的解剖学家,来挖出我底脑子,放在一千万倍的显微镜底下,细细地观察,才能知道其冗繁组织的无聊处,怕再没有第二方法了!我只好坐下椅子,又立起来徘徊,坐下椅子,又立起来徘徊。椅子呀!我实在要推翻你了!

一九二三年十一月十六日

生 日

夏历八月二十七的一天,是萧彬二十三岁的生日。本来,他底生日是不容易忘记的。自从进了小学校以后,这十数年来,当每次举行孔子底圣诞的祀礼时,他总在热闹里面舞跳着,暗地里纪念他自己底生辰。但自从离开中学以后,他底不易开展的命运,就放他在困顿与漂流的途中,低头踏过他无力的脚步。因此,他底生之纪念,也就和他生之幸福同样地流到缥缈的天边。这回,他能够在三天前重新记起了他底久被弃置的生日的就近,全是一位左邻的小学生底力量。

"萧先生,过了后天就是孔子底圣诞了。"

在二十四那一天底傍晚,萧彬正在沿阶上踱来踱去。

他底左邻的维小友,腰间挟着书包,从学校跳步回来。萧彬这样对他说:"圣诞,是一个什么日子呢?"

萧彬微笑地似问非问的样子。维小友答:"是我们快乐的日子。"

说着便跑进他底家里去了。萧彬底如冬之沉寂的心海内,便刹时起了风涛。心想:"快乐的日子,是谁底快乐的日子呵?在我,已经不会再来了!"一边,他走进一间灰暗的房内,关起门,似乎要隔绝那恼人的思想。可是思想是个无赖汉,仍溜进房内与他为难了:

——母亲呀,你何时再能为你流落的儿子烧碗米面呢?在面上放着两只鸡蛋,一条鸡腿,这是多少年以前的事情了？

　　接着，他更辽远地缥缈地想起——他为什么要这样做人，假如那天他母亲不生他，人间与他无关系；这又何等干净呢！但一边他哈的冷笑一声，似笑他自己想象之愚。

　　最后说："那一天是谁底生日，该是上帝底意旨罢？"

　　这天早晨，萧彬起来很早。东方底云刚才染着阳光底桃色，他就披着一件青布长衫，拖着一双拖鞋，向淡雾的朦胧的田野间走去。草上底露珠，沾着了他底两脚，湿透他底鞋袜。他在清冷的空气中，深深地呼吸了几口。

　　萧彬觉得空气刺激他底喉咙，有些清快，又有些酸辣。他再向前走，似要走上前面那座小山去一样。他胸中毫无目的，也毫无计划。只是有心无心地向前走去，一种块垒难于放下似的。草底下的虫儿，唱歌还没完毕，树枝上底小鸟，已开始跳舞了。他也毫不留心地走过，简直大自然底早晨底优美，于他毫没关系般。清晨的弥漫的四周激荡他。他就站在田塍上，向东方回忆起来：

　　　　——今天是我底生日，也是孔子底圣诞，在古今的时间线底这一点上，究竟发生什么特殊的意义呢！二十二年前的此刻，我呱呀一声坠地。这又不过是一种自然的现象，如苹果成熟了的坠地一般。母亲告诉我——在那时，外祖母得到消息，立刻拍手叫我"归山虎"，因这年是寅年。又叫我是"熟年儿郎"，因她正在打稻的时候，禾黍丰登，满田野都是黄金色的佳穗。我四周的人们，个个为我快乐。我固肥白为爱，而天公也似特意厚待我：我生之晨，天空有五彩绚烂的云霞拥护着屋顶；数十头喜鹊不住地在我家屋檐上叫而且跳；父亲拿些檀香在香炉里烧烧，香味也异常透人鼻髓。个个脸上底笑纹，个个口里底祝福——将从我的到来带来许多美丽到人间。可是现在呀，我之为我，正与人们所祈望的相反了！自从十六岁离家，流年漂泊，饱尝风霜野店的滋味。时觉庞大山河，竟没有我驻足之所，更无望前途有所依归了。少年底理想与雄心，一阵阵被春雨秋风所摧残与剥落。现在呀，所遗留的我，不过是一个该忏悔的活尸罢？还有什么别的生命之真正的另一种意义呢？

他不愿再想下去。一边又慢慢地向前走，走到一株苍劲盘曲的老松树下，他蹲下去，似要在它伞一般底荫下安睡一息。但到田间来工作的农夫们多了，一个个走过他身边用奇异的不可解释的目光看一回他，他羞涩了，又立起低头走回来。他一边口里念念：

"无聊的生命呀，你来到人间何所求？太阳呵，你不过，助无聊的人更无聊罢！"

早餐他吃过了一碗稀饭，就站在檐下望天。蔚蓝的天宇满盖屋上，白云有如青草地上底蝴蝶，从西向东掠飞过去。实际，在地面是感不到什么风，虽则庭前底柳树，有时也飘落几片细瘦黄叶到他底身上来。照他自修表上所规定的，这时该是他用功的时候了，而且英译本的莫泊桑底《一生》，已读到最后几页了。但他，不知什么缘故，老是呆立着，不想去完结它，也一点儿不想去做。他自念：今天应该过个痛痛快快的日子才是，饮酒呢，放开肚皮，喝个酩酊大醉；或到什么高山底极顶上去，大笑一场。忽一转念："这些都适合我底生日底情调的和谐么，还是静默罢！"一边他又走进那间灰黯的寓室，坐下椅子。一时，又向抽斗里拿出一本簿子，似乎要做过去的回忆：将他二十二年来的生活情形，飘流，失望，烦恼，灰心，以及可纪念可感激的亲友，他要详尽地写在这本簿子上。他还想用美丽的笔写就之后，再找那同调的人儿，敬赠给她，以博得嫣然之一笑，或幽声之一哭。但他磨好墨，濡好笔，又停滞着。他不知从何事写起，又从何处写起，生活是碎屑的，平常的，过去又是恍恍惚惚的，真实的他，一刻刻地在转换着，那过去的他底事迹，也随着时间之影的变幻而倏灭了。"况且你是个庸众！"最后他自己这样咒骂了一句，竟在椅上不稳定起来，身子震撼着，四周觉到空泛。

于是他又站起，在房内徘徊了一息。又开了门，用沉重的脚步向门外走出去。

走不到半里，他就见对面来了一队百数十个小学生。他们是到大成殿去祀孔的。他认识在旗帜飘扬底下，衣冠整齐的是某小学校底教员金先生。他忽然觉得不敢往前走去，似有些惶恐。金先生是青年，但有老人似的极严正苛刻的人生观，这时在萧彬看来，简直有一种不可侵犯的神圣围护在他身边，他自己是渺小如有罪的囚犯，他没有勇气去碰见他，点个无聊的勉强微笑的头。就一闪转弯到一条僻静的小巷。

他只是没精打采地瞎走，自己是非常消沉。但一忽，却有一种清脆的小女底卖花的声音，从远处叫近了。一位年十四五岁的女郎，身穿柳条花布衫裤，手挽花篮，盛着一篮香气扑鼻的桂花，几乎拦住在他底身前。

"先生，你要买桂花么？"

"桂花，它已经开了？"

萧彬稍稍兴奋地。女郎就从篮里拿取一枝，递给他。

"开得盛呀，这枝。"

他就受去放在鼻上闻一闻。女郎同时又用微笑的眼看他。

他几乎忧戚地问她:"多少钱?小姑娘。"

"四枚铜子罢,先生。"

"为什么这样便宜呢?"

"便宜吗?先生。"

女郎活泼地,伶俐的眼珠不住地看他。一个却简直发痴似的,也看看她,缥缈地想开来——一个可爱的女郎,在街头巷尾卖花,喊破她底幽喉,为几个铜子!这样,他一边问:"小姑娘,你家住什么地方?"

"西门,美记花园是我底爸爸底。我们都靠花养活。我们底园里四季都开着好花。先生有闲,可以到我们那里来玩玩的。"

"谢谢你,小妹妹。可是你这篮花要卖几多钱呢?"

女郎轻便地动着两唇:"不过两角钱。"

萧彬却兴奋地说:"那么小姑娘,我给你两角钱,你索性将这篮花都卖给我罢。"

女郎一时说不出话来了。许久,她问:"你要这许多桂花做什么呢?"

"那你今天可以不必到处乱叫了。"

"明天还是要卖的,先生。"

女郎低下头,似触着了什么悲伤。可是一息说:"先生,给我钱。卖花是要赶时候的,花谢了,谁要呢?"

他也立刻醒悟过来:"该死,该死,我还缠着她做什么?"心想,一边就从袋内摸出几个铜子,掷在她手内,愤怒地走开了。

女郎在他底身后说:"先生有闲,可以到我们花园里来玩玩的。"

随即又听她尖脆的凄凉的叫起卖花的声音来,"桂花!桂花!"一声声似细石掷下深渊中去一样,声浪悠远地绕着他耳际。

他手里捻着花,低头默默地前走,也没有方向。心是胡乱地想,一息想那位可爱而又可怜的卖花女郎,一息又想他自己,一息又想那位女郎和他自己的关系——在生日送他芬芳的花,有意点缀他这个无聊的日子似的。他轻笑了一笑,又闻了一闻花。在这冷气涨满的巷里,竟似一个人在演剧一般,表现他喜怒哀乐的各种情绪。

"我不该有这枝花罢?小姑娘是可爱的。"

一息这么想,一息又那么说:"荣幸!我该将桂花清供在花瓶中。"

同时脚步有些走快起来。刚刚走到巷口,又见国旗飘扬地过去,这是一队女子学校的学生,也是往学宫祀孔的。他被挤在观众中,一时呆立着,百数十个女孩子,从五六岁到十五六岁,身上穿着华美的衣服,脸上浮现出笑容,他想:"在圣诞节横行街市,是多么幸福呀!"更有几位年轻而美貌的女教师,撑着石榴花色与翡翠色的小伞,掩映她们骄傲的脸儿在阳光之下,而且偷偷地横视他一眼,这使他惭愧了。他底两颊落下红色,心颤跳着,一时怨恨起来:"她们得到上帝底什么呢?"他很想将他手里底花掷过去,打在她们底脸上,打破她们薄薄的脸皮。但巷口拥着的观众,个个都是目光炯炯的好汉,好像生来就为保护女性和拥护礼教似的,萧彬怎么敢做一个用花打人的凶手呢?幸得全队也一息就通过他底前面了。

他没精打采地回到窝里。将桂花插在一只缺口的白瓷花瓶里,又将瓶里换了清水。就对着花,用手支着头靠在桌上,呆

坐着。他一点儿也不想什么，也想不出什么来。他很像身体被无聊所凝冻了，而同时又感到要熔解似的。阳光照在他底桌上，桂花底秀气一阵阵冲入他鼻，他竟倦倦地想睡去了。但他瞧一瞧他底自修表，觉得工作又紧催着他，他顿时叹息了一声，伸一伸他底胸，似要振作一下的样子。

太阳在他底头上，似乎走得慢极了。红色的无力的脚跟，和他同样地在阶前缓步。这是下午一时，他想他自己底生日，还只有过了一半。"睡罢，睡是死底兄弟！要将这无用的光阴一送过去，非求睡神底恩赦不可。"于是他又回到房内，脱了他外面的长衣，睡下。但怎样睡得着呢？一切无挂念，远离颠倒梦想，他能够做得到吗？他只有诅咒他自己，念念南无阿弥陀佛，听听钟摆得答的声音，或记数数一二三四五，但有效验吗？心是愈想弄静而愈躁，脸发烧了，背透汗了，他似睡在赤道底下一样，但他睡不着了。掀开被，昏沉沉地坐起，无所适从的样子。

一息，他又重开房门走出去，心想到他好久不去的悲湖了。

"向秋子长空去看看鸢飞鱼跃罢。"一边又用他脚镣镣着犯人似的脚步向一面城墙走出去。

苍穹更展开它宽阔的怀抱，大地吐着媚人的颜色——

绿的水，青翠的山，疏散的堤边杨柳，金黄色待割的禾。

他走向翠桥底石栏杆边，坐下。口子吮吸着好像鱼吸水一样，这时他好像和阳光接吻。他回首望望城墙的危圮，耳又听到隔岸的捣衣声，想象他自己是一个落魄的英雄，一边就记起了数日前读了的陆放翁做的一首《秋思》来。他不觉低声咏吟道：

日落江城闻捣衣，长空杳杳雁南飞。

桑枝空后醋初熟，豆荚成时兔正肥。

徂岁背人常冉冉，老怀感物倍依依。

平生许国今何有？且拟梁鸿赋五噫！

他觉得这首诗非常恰合他这时的心境。只可惜他年龄轻些，不能学放翁一样，寄身于陇亩，酒酣耳热之际，跌荡淋漓，唱唱他自己底"壮心空万里""向暗中消尽当年豪气"的诗句。至于梁鸿呢，他有举案齐眉的妻子，不免连放翁也羡慕起来。但他，又哪里能谈得到呀。他觉得他有一腔无名的幽怨，向他底心坎紧紧地涨上来。这时，有四五个身穿制服的英俊少年学生，从桥上过去，一边议论着，什么"路里丢着银子都没人拾去"，"三个月鲁国太平"一类赞颂孔子底盛德的话。他听过，觉得心里更不舒服。好像连孩子们都比他切实，比他强韧，他们底两脚踏在地球上是稳定的。他垂下头，眼望那桥下的水草，微波激着水草夭夭地动着。可是一忽，他又对他自己说道：

"走罢！呆坐在这里做什么呢？"

他就站了起来，向桥底那边走去。

随后到了一座寺院，他就跨进大门。他看大笑的弥勒佛似在欢迎他，又看两旁雄赳赳的金刚似威吓他，他乐意又胆怯，但还当作毫没事般进去。寺内十分沉寂，一派阴森的寒气。数十头鸦雀这时正在庭前的松柏上口舌噪着。他先到一边厢房，供奉着伽蓝菩萨。它底台座前满挂各种大小不同，新旧不等的匾额，香案上点着煌煌的长蜡烛，香炉里有渺渺的香烟，在烟烛之间放着一只签诗筒，显然是一刻以前有人祈祷过的。于是他也想：伽蓝称护法之神，或者也能指示他底迷途，有些灵验。于是他就借了别人未烧完的香烛，卜他残破的人生底去处

的机运，拿了签诗筒来，也不跪下，也不摇，就从许多竹签里面抽出一支竹签来，他看签上写着：

第九十九签中平。

于是他再到签诗堆里去对，寻出一张第九十九签的签诗纸来。他一读，知道是一首八句的七言律诗。后四句是：

大鹏有翅狂风日，野鹤无粮朗月时。

一片茫茫随君意，车可东行马可西。

他念了几遍，也觉得里面含有一种玄妙的隐机。他向伽蓝微微一笑，似称赞它值得悬挂"不显哉"的匾额一般。再看签诗底小注，是"行人在""婚姻成""功名第"等，更没什么意义了。于是走出来到大雄宝殿。也没有什么心思，就回出寺门。

太阳与地平线成三十度的角度。他觉得没有新鲜的地方可玩，仍又回到堤上来。

这时，他望见城门内跑出一匹肥大白马，红鞍之上坐着一位丰姿奕奕的美少年。他一手挥着皮鞭，一手揽着缰绳，汗流地飞过他堤边。马蹄翻起泥尘，泥尘就飞扬于湖上，雾一阵地。随后蹄声渐远，飞尘渐低，人与马也悠悠地向山坡隐没而去。于是萧彬底周身底血流又快起来。他想：骑着白马，扬鞭于美丽的湖山间，侧目道旁的弱者，这又何等可羡慕的呵！忍气吞声地在人间偷活着，倒不如自杀了干脆罢！但不敢用花打人的人，又怎么会有自杀底勇气呢？他终于怅怅然低下头去了。

一边他慢慢地走到水边，就将他手里底第九十九签的签诗，平放在水上。纸湿透了水，杳杳地向湖心流去。同时他昂头高声向天道："车可东行马可西，英雄仗剑正当时！"

他不愿再留恋山水间，正似赴战场一样走了回来。

当晚，他又坐在书桌前，眼望窗外黄昏底天色。房东走到他底房外叫他吃饭，他说："我此刻不要吃。"房东问他为什么。他答："不为什么，只是今天是我特殊的日子。"

约莫呆坐了一点钟，他才站起来，走出去，向一家小菜馆里踏进。心里想：喝点酒罢，喝个醉罢，送过今前之一切陈腐，换得今后底一个新生罢！

他喝了半斤黄酒，神经有些摇动了。他看着他旁边的一桌——三个兵士同一个妇人。她用极丑陋的笑脸丢给兵士，提着酒杯将酒灌下到兵士底喉咙里，兵士用手打着妇人底面颊，还用脚伸放在她底腿上，互相戏谑着，互相谩骂着。菜馔摆满桌上，两个堂倌，来回不住地跑。萧彬看得很气愤，他诅咒人间的丑恶。忽然，堂倌跑来低声说：

"营长来了。"于是妇人就避入别室，兵士也整理一下他们底衣帽，坐着。可是他不愿吃饭了，不知怎样，全身火焰一般地烧着。就愤愤地站起走了。营长上梯来，跟着四个兵士，他迎面碰着营长，并用仔细的发火的眼向营长一看，营长也奇怪地打量了他一下。他跑下楼很快，护兵回头看着他，似疑心他是刺客一般。他毫不觉得，一直跑到付账处。

掌柜是一个身躯肥胖的矮子，口边有八字胡须。这时却正动着他底八字胡须，骂一个十三四岁的小伙计。小伙计掩着脸在门边哭。堂倌在楼上高声叫："三角五分呀！"

萧彬就递一块钱给他找。掌柜毫不理会，声势汹汹地继续骂着。"请找给我钱罢"他说。掌柜还没有听到，甚至要伸手去打那位小伙计。于是他发怒地问："你们不做生意吗？我站着看你们打骂吗？"这样，掌柜转出笑脸向他说："先生，这小家伙实在坏极！时常没心做事，打碎东西，方才又跌碎一只盆子，还说是我碰着他的。"他说："打碎盆子总有的，盆子也值几个钱呢！"掌柜转一转他底肚皮答："二角二分大洋啊！"他正色地做笑说："那让我赔偿你罢，不要打他了。"掌柜连忙恭敬地答："哪里，哪里。"

可是一边却在算盘上打着三角五分，一边又加上二角二分，于是向他说："那么，叨光，先生，一共五角七分。"

这时营长和护兵已下楼来，围着付账处看。看到这里才冷笑一声，打着官话去了。掌柜把找还的钱递给他说："这里，先生，四角三分。"他没有说话，受了钱，一径走出来。

路里，他又悲哀又骄傲地叹息一声说："唉，我的无聊的生日总算过去了。"

一九二四年秋作于慈奚谷

一九二九年一月修改

爱的隔膜

"我定明日上午同朋友到W村去一趟,C君说,必使我看丁一面。五时就回来,你允许么?"

"你和朋友,总谈看这个看那个的事,怪不得有这许多天好谈。空空的又要到W村去,来回三十里,何苦呢?你自己说,身体太疲倦。而且将来一定会熟识的,何必呢?"

"将来的她,和现在的她,完全不同。结过婚,一个人就没有意思了。"

"你的心总在这些地方用,正经的事,早晨对你讲过,偏忘记了!人家说你规矩,不知你规矩的心肠,竟是这么!"

"什么是规矩啊?规矩是呆木的解说么?爱'美'就不规矩了么?我决无别的坏心肠,不过人们赞你为天使和仙女,究竟是怎样的容貌,我总愿一睹为慰。因为在我眼珠里走过的人,和我脑中所想象的人的美,总相差太远了。她,更和你是姊妹的关系,常同床一头儿睡的,不知你的清福,到底如何!明天,不过说笑罢了,不能去的——家中的事虽用不到我,总不好远离。不过我总想快快地见一见她。"

"你今夜去见也好,说不到明天不能远离!你总有你的道理,和你心意所关注的一点!我横是学着做个呆子就是了!"

"你说出这话来,十二分使我不安!你还疑我不坦白么?假如你以为不应当,就不去好了,何必看作这样重大?回过你的脸儿来,你万不可有别的心思加上我,使我对你所说的话,要用一番思考或秘密。……给我臂儿。"

"不要这样。秘密不秘密我统统知道了！你不对我讲也好，横直好……你去对别人讲好了，讲的人也有。"

"你竟这么生气么？——天呀！你为什么不在一点钟前给我哑了嘴，或者轻些，给我脑子麻木一下，使我想不到这些话！我今晚没有饮过酒，我的神经思潮为什么这样激荡呢？N妹！我求你无论如何要消散了你的一些不安气。吻一吻罢，我求你……"

"你不用这样！有可爱的人，你真不应该回来的这么早！早晨你不是说过么？——我真回来得太早了，这样糊涂地过去。——可惜我当时没有回答你，你自然在外边过得不糊涂！"

"你真疑我在外不正么？你连这话都疑作我有恋外心而发的证据么？N妹呀！你太冤枉我了！我虽和E通了几次信，原因早早告诉过你，而且现在确实断绝了。——我自然难于和她久通信！你还怀在心头么？假如我真真和她相恋了，我也不肯将通信的消息，完全明白地在你面前宣布。我纵是一个呆子，也总知道保守秘密是要紧的事。何况我更会瞻前顾后，了解世事和人情的呢？你万不可学一般女人之多想，你必须明白我此时之心的痛苦！"

"你的心的苦痛，何必要我明白，自然会有明白的人在，你可起来写信了！像我这样，何必明白。'本来是同她讲了一夜，一句也不明白的人，只要一年几箩谷，几十元钱就够了，很容易设法的！'你知道我听了这些话，是多少气！我想你平素待我倒还好，不料在外边竟会说出这种话！本想以后见了你一些也不理……不过，总是做不到。"

"N妹呀！这些话，你从何处讲起呀？"

"我先问你，你和她手挽手在西湖上游玩的事情，有没有？"

"哪个是她呀？和谁手挽手呀？连影子都不曾发现过，竟会造出事实来，天呀！我太被人冤枉了！"

"谁和你有仇？况且这些话都从你好朋友的口里，间接传到我的耳朵里，会谎么？假如我添上半句，烂掉我的舌！"

"我要掩了你的嘴。N妹，究竟是谁说的？丧失了他的灵魂！我也不愿赌咒，天在床上，地在床下，不过我实在心要惊破，何时，我和谁牵着手，说出这种凭空自天降下的话！N妹呀！我的心神完全被你掷在深渊里，我周身冷而且战，水要淹溺死我了，你提救一提救罢！"

"安静些，说过也没什么，没说过也没什么，你又何必这样！不要……帕儿拿去罢。"

"你给我揩了，这泪珠是你赠我的，还需你来收还。——究竟这话你从哪里得来的？这样无稽！"

"别人会完全撒谎么？总是你自己不好。"

"我也记不清。不过几箩谷的话，就说过，也对现在一般妇女的可怜而发的。因为做现代中国的旧妇女，太冤枉了！一些没有一个完全人的气象，只靠着丈夫一年几箩谷，几十元钱就够了，何等可怜！假如这话是指要脱离你而说的，那我的心死了！"

"你又来！以后只准好好地讲，不许说这种话！因为任凭怎样讲过，只要你心里明白就是了。不要乱动——你下半年同她到底如何？"

"完全没关系，好似从未认识的一样。"

"你的心情不是这样冷！"

"在路中偶遇着一回,她却回避,更从何处与她语?而且,我们当然以过去的朋友相待了!"

"你为什么将身子遭到这步消瘦?甚而病了回家?"

"你哪里明白我内心所蕴藏的一切!"

"还有,半年所赚的钱,非特一文没多,倒从家中汇去,并不见你买回什东西,不过几本书而已,你能瞒过这些钱用在什么地方么?"

"我自己对自己也回答不出,不过决没乱费一文钱在我所不应该用的地方!"

"我不明了你的话。——还有,你何苦要和C君说,将来只有二条路?"

"什么二条路?"

"一条——莫非说过又忘记了么?"

"我没有你这样好的记忆力,你告诉我。"

"想做和尚。……"

"还有一条呢?"

"还有一条呵?你自己想——宿娼纳妾,糊涂过一生世,到底什么意思,想出这种路来。我,其实随你,也当然有可去的地方,不过我想你何必如此!"

"哈哈,N妹,都是你误会了!说话实在非仔细不可!像这种话,也无非几个要好了的朋友,坐着一块,偶尔高兴了随便说出来的,毫没多大的意思含乎其中。竟有人传入你!不过,譬如你方才对我的态度,实在使我要想到和尚的路上去。一句平常的话,你就看作霹雳在你的头上响一般厉害,好像我已是一个堕落的恶徒,你真太冤枉而欺负我!我生了二十几年,对于过去一切行为,毫没有负人的一回事,何况于你!"

"同未出嫁的姑娘通信，是应该的么？"

"也并不不应该……好的，不应该罢！"

"我一切可随你，我决不阻挠你心上所祈望，将来想实行的事情；我也没能力好阻挠你！我更和你说，假如你有心爱的，的确好同她重结婚。你的父母不允许，我也代你设法。我知道你的人生不能安慰。而我呢，早已预备好了，而且J妹也这样说，假如C家不好，决定一同建筑一座小庵，清清净净地去……"

"不许再讲这话！因为你的话越讲越没道理！我想不到你心里存着对我的是这么一种颜色，你我心灵之域上，隔着这样辽阔的濠沟！不过今夜决不要再讲了，就讲也不要讲类似这样的话！我并可选择很美的一夜，我愿意在团圞如镜的明月底下，将我心腑里一切所蕴藏的东西，一件件给你瞧了，如何？今夜，望勿再咀嚼我俩不安心的话。甜美的时光有多少？……还望你允许我这件事……"

"安安稳稳些，不要这样。我本来还有许多话，我当服从你的命令，别一夜再讲了。啊哟！钟岂不是敲一点了么？会这样快？没意思，没意思！将时光用来拭泪，真不应该！别一夜也不要再说，因为我已窥见了你心内的一切，还望你明白我心内一切就完了。以后，别再提起这种话。你在家里有多么久，总须过一个快快活活的日子为是。定一个约好么？假如谁先讲给谁听流泪的话，谁要向谁磕头，好么？"

"好的，此刻还是我对你先磕十个罢！"

"不好，今夜错在我。我太怪你了。因为早晨对你讲过的事，你竟忘记了，所以心里对你一句平常的话，也难过起来。时候太迟，不可再讲了，明天家里有事，还要起的早，好好睡罢。"

"我神经太兴奋，一些不要睡着，亲爱的，此时除了你的爱灌遍我的周身外，没一毛别的杂质混在，亲爱的！你……"

一九二四年一月十四日

船 中

最恨而最觉无聊的,是置我身于嚣扰的群众中;而尤其是在旅路之船内,现种种不洁和欺诳的景象,令我苦闷与烦恼。所以船中一日,好像世上三秋。

这次要算最幸福了!从没这样的使我愿意在船中:而反恨船之抵埠为太急。好似这回船主,和我特意开玩笑,命令烧煤者加速率一般。现在一回溯,人的心,真奇怪!而人心一部分时间的观念,更为外力牵引得奇妙莫测了。美的力的伟大呵!爱的力的神奇呵!

我跳上船舱的第一眼,即觉四号房舱中有一个"伊"。

一闪的吸引力,早将我身失了自主的地步。恰好,茶房把我的行李搬入五号。我霎地的不觉心花之灼灼,愿对这茶房鞠三十六躬礼,谢他是美爱的撮引者。

伊——一个面如满月的小姑娘,两眼十二分地生动兮兮,两颊时现微笑着的笑窝。一套柳条的白纱衫裤,飘飘然洋动着。正在胸部处,微隆起两只已发育的乳房,半球形的曲线,令人生无限的稣柔堪爱。白色的鞋,映出微青色的丝袜,颇似占跳舞的优美。三缕结的黑辫子,垂在背后,还结着一白绸的结,在脊柱之回旋椎处,当伊转动时这发结更显出金鱼的尾巴般的美来。我可决定伊是十六七岁的姑娘,因为幽秘的眼色,和天真的体态,表现出伊非不懂事的少女与尚未濡染大人风范的拘束。

N君和我同行。这时我已禁不住对N君叫道："呀！今朝何幸！我恨不能拿伊的芳名在唇边甜甜地一吻。N君，伊是笑的使者，让我叫伊为MissSmile罢！两个可爱的笑窝，两个可爱的笑窝呀！"

N君对我微笑。

船已出泊了。我过伊房舱门前，有意寻求关于伊的事迹。果然，第一，伊和一位小弟弟——穿着灰色的猎装——低读《儿童世界》。第二，铺着红绸小被的床下，放着一只网篮，边写着三个英文字母，T.M.F.我回向N君说："哗，N君，我获得了一个大发现。我知道伊的芳名了。在伊的网篮上有T.M.F.三字，T是T.M.F.是美芬，可知伊一定丁姓，美芬其名了。美芬妹妹呀，你母亲呼你的名字，能令我猜度得不错么？而且，N君，伊定还是高小学生，因为和一位小弟弟仔仔细细在读《儿童世界》。"

"你的想象力用在这种地方分外美满，Miss Smile 可叫 Miss 丁了。"

"你何苦要相信实际论者，Miss Smile 是何等赋有滋味呀！你可叫，低低地叫一声 Miss Smile，伊必更快乐于听你唤伊为美芬妹妹的名词呵。"

N君也不过表示一种快乐的态度，嘱我向隔壁通无线电话罢了。

暖和的太阳……幼年时的秋香，悠扬间，一缕清脆的歌声来了。

  暖和的太阳，太阳，太阳，
  太阳他记得：照过金姐的脸，
  照过银姐的衣裳，

也照过幼年时候的秋香。

醉心于歌声的琼浆中哟,我忘记了我的自主,和着不相吻合的声带依依地唱起了。我对N君说道:"可怜的秋香!——伊会唱可怜的秋香,一定会唱《小孩子和麻雀》《葡萄仙子》等。伊既从壁缝中赠我们以灵的宝物,我们当报之以——高高的云儿罩着哟,N君,你一唱罢?"

"我只有享受,或者代你打拍子也好。你唱呀!我万想不到在这茫茫的大海中,会得闻九天玄女般的歌声!"

这样不知过了多少时。太阳也停在天边的海上,像同我一样在窥听隔壁问答的声音。

"你的父母都好?"一位男性的腔调问道。

"好的。"清脆幽柔的声音答着。

"你这次到S埠为什么没人送?就是一个弟弟。"

"四叔在船主房里,到那边姑母也会派人来接的。"

"你是投考中学的呀?"

"是的,不过这样想想。弟弟要到M小学校插班,因他不肯用功,上半年还是五年级。"

以后,当然还有很多的谈话,不过,我不愿再述说了。就这几句,够印入心头,使我周身热一阵,冷一阵,苦痛不堪!热的,自然是庆伊运命所遭际的幸福,冷的,却怨伊生在资本家,正恐前途为幸福而挫折。再想自己,太似街头小丐了!

一夜辗转不曾睡。听听隔壁的一声一息一言一笑,证明自身之不应在此时此世生存,无足异疑!唉,伊!伊的真理思想,伊的爱美要求,伊的人生观念——全部的伊,一个"生"的安琪儿,何等高超,伟大,灿烂,宣明!我痛切地对N君说道:"我愿现在变成一个'疯人',闯入伊的门,向伊紧紧一拥抱,至跪死在伊的膝上!随后抛身于这茫茫的大海中,且使飞起的浪花,沾着伊的脸,混和拢伊的泪。我愿极了,我确不怨阎王之残忍与凶暴!"

东方渐渐发白,流舞于天空的绚烂云霞,倒印在波纹卷曲的海上,更显出此时我四周天地之华美可爱。

我立在船栏边眺望,至尊的太阳,光明夺了一切。

这时伊的小弟弟,清晨的小雀般,在船边看着为船所激起的浪花,态度颇快活。我微微向他一笑,他也似曾相识地看我,我忍不住至爱的感情的冲动,低低向他问道:"弟弟,你今年几岁?"

"十一岁。"

"家里哪里?"

"Z城。"

"到S埠去么?做什么?"

他喏喏地说道:"我的姊姊想考学校,我是望望姑母。"

"我知道的,你要到M小学校插班,是么?"

这一问他大怪起来,笑道:"你怎样知道?"

"我知道的。"

"那么,你知道我姊姊考哪一学校呢?"

"一个女子中学。"

他大笑起来了,笑声被他的姊姊听到了,伊伸首照我们细细一看——伊总在微笑着——还轻轻的叫了一声"芳弟!"

他也再难多谈了,只望着离开了我,回到自己的舱内。

加速率的船已抵岸。N君催我下埠,我没精打采地说道:"我看伊俩去远了再走,愿送仙子入仙乡,我不愿爱惜时间,减少了我的运气,因为昂首观明月,是我一生唯一的幸福了!"

伊们起身走了。伊弟弟向我点头道别。伊呢，也对我一笑。唉！这一笑是何等希罕尊贵来比拟千金，我应怎样地谨谨慎慎深藏着，留之永久！不料跟在后面的一个漂亮朋友——大概是伊四叔了——仔仔细细地向我一注目，我不觉低了头，顿红起了脸儿，伊赠我的幸福与美丽，被他夺回去了，被他夺回去了！

惆怆的我，何等惆怅！

街头的小丐哟，你只好睁开眼看看明月，将难得到一笑的馈赠哟！

一九二四年八月二十日

他俩的前途

正是清明的时候。于文,是一个十四岁的孩子,他的母亲告诉他,要带他同到东村舅母的家里去一趟。事情是为扫墓;可是悲惨之神的捣乱,惯以渺小之动机来做至大的引诱。这时于文当然十二分服从母亲之慈命,一则爱护备至的慧姊,正一年不见;二则,乡村风味,可借此得一尝。因于文家在一个城市里,东村是一个幽秀的乡村,离城十里,所以,他总催他的母亲早些预备,早些动身带他去。

满山苍翠,红,黄,紫,白,诸野花,好似黑夜繁星,点遍山野。古树拂着清风,阳光穿过绿叶,映在草上。于文和他母亲正缓步踏着。

山岭回环过了,东村的全村景色即在他们的一览中。

于文跳着指道:"妈妈,舅母的房子望见了!墙儿似重粉过,比去年白些,什么事呵?"

"去年外祖母死了,你忘记了么?墙是外祖母出殡时重粉过的。"

"那时我在校里,你说不必打电报来招我,我哪里知道。"

"是啊。一则也因为时间局促,二则若打电报恐怕要使你的小心儿惊伤;你外祖母待你多少好,你忘记了么?所以我说,不必打电报,任你不知道好了。"

"那时慧姊哭病了,妈妈你怎样?"

"我以为人既然老了,当然要死,过伤也无益。"

"妈妈,她是你的妈妈?……"

"留心走路!不要又顽皮了。"

一边说,一边走,十里长途在她母子二人的眼内已完全通过。到了东村,于文想见慧姊和舅母的心,就热得要沸了。跨开脚三步并作两步地先他母亲跑到舅母家。这时他的慧姊和舅母,正在廊下缝纫。一见于文就笑色满现于脸上拉着问道:"文儿,你会来了?你的妈妈呢?"

他呢,已跑得气喘喘地答道:"妈妈在后面,就来了。"

"你走得这样快做什么?慢慢走好了。"

这时他的母亲也到了。她们就迎着进去。先寒暄了几句,再缕缕地谈起别的话了。

她们所谈的自然是家庭屑事和怎样去扫墓的情形。所以任凭她们的话是多少有趣和要紧,在于文总发生不出什么快感来。所以于文坐在旁边觉得十分无聊;而于阔别一年的姊姊,反似有重重叠叠的生疏,表不出什么亲昵的感情来。局促不安的心绪,和疏懒疲乏的体态,竟漾漾地从他脸上现出来,他似乎翻悔以先不该催母亲早些来,来的究竟做什么?

他的母亲和舅母自然倾心于谈话。而于文这种不安的情绪却被这多情小姐的慧姊窥见了。这时慧笑着说:"妈妈,点心还没好,文弟倒有些待不住的样子;你们只管谈话,他太没味了。我想,我还是带他到花园荷花池里看看金鱼和荷叶去。金鱼比去年大了许多,荷叶也茂盛,园里鲜艳的花儿也很多,我带他去看看。点心做好,你差方妈来叫我们好了。"

他的舅母看看于文笑道:"原来文儿方才跑得很快也想点心早些么?"

又笑了一阵接着说:"倒亏慧儿想得到,否则文儿要怨舅母家里太干燥,以后不愿来了。"

于文脸微微地红起,他母亲照他一顾说道:"哪有这话呢!舅母家里多少好,文要时常来的。文你为什么一句都不响?在家里终日听到你的声音。"

文的脸更红了,这时慧说:"文弟,我们走罢。"

他俩转过了一方小天井,绕过了一条廊回,就到约二亩宽广的花园。虽然花叶茂盛,却颇见冷落。慧一手挽着他,一手指种种的花,告诉他名目,走到荷花池栏杆边一条青石凳上坐着。果然,在荷叶掩映中,尾尾的金鱼足有七八寸长,往复来还的游弋着。文叫着道:"慧姊!金鱼一年,会大得这么快么?真有趣,去年似没有这样一半,现在这样大了。喏,那中央一条的眼睛,更突的厉害。慧姊!你们用什么东西喂它们吃?"

"真奇,没什么东西喂它们,它们偏这样大起来,有时掷下一些饭,或者一个淡馒头,回数也很少的,哪个肯记牢它们。"

"这金鱼,我真爱呀!"

"我和姑母说,叫姑母找出一只大缸,可以捉几尾去养着,你天天可欣赏了。不过多看,也会生厌起来的。"

"生厌?是无论如何不。不过,可恶的,我不久,又要回到校里去了!妈妈对于这些,是不留心的。"

"文弟,我还有一只小玻璃缸,养三四尾小的送你,你又可带到校里去,案头放放,也颇雅致。明日给你好了。"

他一腔的快感,只恨不知如何可表示出来,还给这样心爱的姊姊!身向伊怀中一斜,伊也紧执着他柔荑的白臂,淡淡地向他笑着。

这时他俩的柔情，自然浑然一贯，没丝毛杂念的间隔，这种纯洁的灵的爱，是如何贵尊而可遗之于永久！不幸一片小小的荷叶上，有一对昆虫在引诱——它们正交织它们细之欲网，被青春期的他窥到了。他的性的好奇心立刻发现，他就对这亲姊姊般的慧姊，天真烂漫地问道："慧姊，这做什么？为什么这样？"

伊，是一个廿三岁的处女，人事当然明白，被这一问，不觉顿红了脸。当然，伊不能将这所以然告诉这还不懂事的小弟弟；不过，伊亦不能不说，所以勉强镇静地答道："我也不知，不知什么？不过，没什么希奇的，可不必问它。"

伊的态度，他自然有些领略了。十四岁的聪明孩子，身体的机能的发育，自然有使他了解性的知识的效能，不过不完全懂事就是。经这一问，他的慧姊表示出不可思议的表情，自然比明白告诉他进一步明白。何况从二句平凡的回答，更可作深一层的思考！他很惭愧，不该这样鲁莽，问出这等话来，使伊难以为情。伊，当然思物及己，悲伤自己的胸襟。况际此阳春三月，万感袭怀，眼见身前天真美丽的弟弟，不得不起了一种爱情无归依的悲念。由是，他俩的心绪中各起了一种不可言喻的跳跃，相对默然。

这时方妈叫着："慧妹！带文儿来吃点心罢。"

慧才悟然说道："文弟，去吃点点心罢，想你肚子饿了。"

而文犹依依地说："肚子饱的很，在这里多好呢！"

"要来，吃过再来好了，隔着亦不远。"

于是牵着他的手，只觉他的手有些热。——淡淡然走来。

在这边，一张小方桌，二个母亲已相对坐好。点心也气蒸蒸地放着。待他二人来，也相向坐着二边，尝起点心来。

这时他的母亲，似魔鬼在她耳边怂恿般，忽然问道："慧妹冯家的事情，究竟怎样？"

伊的母亲似有无限心事般答道："冯家很愿。不过我听人说，女婿总不肯用功学业，一天到晚在外边嬉游。伊呢，也不情愿，所以没有允许。"

"女婿不好，任凭家产怎样大，总归不好。不过慧妹年纪一天大一天了。"

"倒也没法。终身大事，虽则难流连落去，也总不可造造次次，总以伊自己的运命为依。在伊呢，更愿意会诗会画的。哪里去找！"

接着又说道："文儿也大起来了，虽男人不怕讨不到妻子，也要早些预备。"

"作媒的人，现在也够多了。我总没一家小姐中意。貌倒不必十分好，人总要聪明些，像个模样儿。而他爸爸呢，更奇怪，好几次信来，总说万不可允许，一允许就难了，待他自己再大几年再说。"

"我想，伊真是一个不幸的女儿！父亲既早死了，溺爱的祖母，又辞了伊去而不管。剩我一个我又是没主意的，不知如何好！有时夜间想起，到三更都不能睡！"

眼泪涔涔地滴下。一桌四人，一时惨然！不过难堪的程度，自然要算慧为更甚！茫茫来日，不知如何了，莫非终此一生，就如此算了么？所以伊竟如坐针毡。但亦不好托辞他走，只得支撑伊稣柔将倒的玉体勉为陪着。而他呢，深想着一个人为什么一定要嫁和娶的问题。

这时方妈立在旁边，眼看看慧和文儿，不觉趁势插嘴道，"慧妹和文儿年纪相差太远了，否则，一个少五岁，或者一个多五岁,相差四岁,倒是一对天生成就的因缘。两个的模样儿都标致,又都聪明乖巧,心情又这样相爱;结成一对夫妻,是多少好呢!一个可以不必他嫁,一个可以不必他娶,你们又少了一笔心事,而且代代亲戚结着,亲上加亲,来来往往何等亲密。可惜差了九岁,似乎太大些。不过,假如文儿大九岁,倒亦不要紧,再二年过,也就可以结婚了。"

这一片话,婉转巧妙地说中二个母亲的心里,跃跃地起了一种自然的愉快,似乎眼前一对美儿女,可以结婚,而且已成了一对小夫妻一样。然而,这一对小夫妻!更激成了绝大的疑惑的难受!虽则伊的表面上说了一句,"方妈又来多嘴"的普通女儿话;他是一声不响地。其实,他俩的心思是一致进行——希望这话成为事实。不过,一个明白些,一个模糊些,其间有些分量上多寡的不同而已。但结果,被这切切实实的不能百年偕老的理由来说破,他俩是何等潜伤!

这样在各有心事的席上,自然于菜馔是不感滋味。也就算吃好,搬去狼藉杯盘。

这时日已西斜,东村边山寺里的和尚,又打起钟声来了。

晚餐这一席,他们尚感些快乐。各人手中一杯中,自然心里愉润些。

晚餐后,他们齐到伊的房里来。在房里,白壁上挂着书画,皆古人名笔。放着一瓯素心兰和一瓯珠兰,还有两瓯月季,也温温然分外有清香。窗外就是花园,清风时常含着香味微微送进来。二个母亲就临窗坐在桌的两旁。谈起以后待解决的家事,及另外闻见的消息。慧和文呢,坐在一张沙发上,拿出一本名人画册在翻阅。而且慧更渐渐说起许多关于画的知识,并告诉他学画的要旨和画中乐趣。后由画又论及诗,慧说:"诗画总是联的。能诗而不能画,有如有月而无水;能画而不能诗,有如有水而无月,终归景色不浓。"

接着更引喻些能诗能画的古人的事迹。文听了,竟生有一种此后愿尽力于诗画的决心。他恨道:"我真憎恶学校的功课,什么什么许多,还科学科学,一样弄不好!诗画的知识,更一些没有!"

慧微微笑他,说道:"要学诗画在课外够可学。你愿意,在我这里拿几部去看看好了。诗,起初更可不必做,只多读,以后触景生情,自然口中会吐露出好句来。"

这时文一腔诗画的热度,竟如夏日炎炎里的烈火。而于伊更敬佩如师了。

他毫不生疏的在书架上翻来翻去,偶然见有一册书上,有一本卷着,他向面子一看,写着《绘图石头记》几字。他禁不住问道:"就是《红楼梦》么?你在看这书么?"

"是的,怎么奇怪?你也喜欢小说么?"

"小说我当然喜欢,看到小说我饭可不吃。不过,校里只有侦探社会一类,《红楼梦》偏禁止看!"

"《红楼梦》多少好,为什么禁止看?禁止看《红楼梦》的先生,一定冷酷无情。"

"慧姊!你无论如何,要将这书借我,我在家里看看。"

这时慧已想起了书中有怎样可被禁止的情形,伊就慢慢地说道:"好的,不过你待将来看也好的。"

"你也不肯么?"

他似乎有些不愿的样子。其实他对这小说也盲目的。

伊看他有这样喜欢的情形,也只有如他的心,说道:"文弟!我对你有不肯么?"

伊说完，一边看二个母亲一眼，似乎说的太亲爱了一样。而他呢？早已将慧所卷着的地方，细细在看——正是第六回里的一回事！看到"宝玉红涨了脸，把她的手一捻"，他也不觉红涨了脸，照着慧一看。待慧眼见他所看的正是第六回，要夺取他，不觉也羞红了脸，因为是伊自己翻着的地方。他俩的迷离状态，早已在各人的情田中，深深打着一个痕。

时钟在他们的头上，正鸣了十下。于是伊的母亲说："姑母！好睡了。"

而他正依依恋恋这间房似的，接着不情愿地问："睡在哪一间？"

他的舅母说："你和你妈妈还是到你外祖母睡过的一间去睡罢。那边的床儿适意些。"

他就更难为似的撒娇道："外祖母睡过的，我很怕。"

"文儿！你又来顽皮了。舅母叫你到那一间去睡，你应当立刻答应说好的，有什么怕呢？"

接着说道："你外祖母多少爱你，她死了，现在连房间也不愿去。将来你的妈妈死了，你竟连屋子都要不住了！"

她带着嬉笑的窘迫他，他将何等难受。其实，他在妈妈的身边，万无所谓怕，不过他总不愿离开他的慧姊和伊的房，故意做出这样来的。这时好意的方妈，又如魔鬼告诉他般对伊的母亲说道，"我想，还是姑母到你的房里去睡，你们又好多谈些天。文儿就在慧妹这里同睡好了。他似不愿这么早离开这房似的。文儿年少，慧妹又仔细，有什么要紧。祖母那间，长久没人睡，床中总不免有一种气息。"

"也好，给文儿留在此地；慧你留心照顾他。"

"不过现在也没要紧。假如二年后，你到舅母家里来，还要同慧姊同睡，那你担当不起了。"

这时伊心绪颇感踌躇。推，当然没意思，而且恐使不快乐了文弟。不推，亦着实觉到不安的样子。然终于模糊过去。

她们再嘱咐几句，也就走出房门了。

一个已明白人事的处女，一个正在青春期中的贞童，在春意阑珊的夜里，自然生一种春情脉脉的怀感。一切静寂以后，他俩已预备眠宿。这时天真烂漫的孩子，已禁不住他性的探讨力的暴发了。他娇笑眯眯地问道："慧姊！为什么母亲说，二年以后，就不能同你同睡了？"

伊惭然答道："我哪里知道。"

"总不肯讲！有什么呢？不过慧姊，我可不可对你说？——总不明白，而你们为什么不好讲？有什么希奇？"

"你自然会明白的，到你二年后就好了。我也不知道什么！"

伊不觉心头跳得很厉害！看看眼前恩情万种的文弟，十二分恨自己生得太早了。一边正脱了他俩的外衣，没心没意的。

"你骗我……我亦不和别人说……慧姊！我求你一头睡！……"

"你还这样孩子气么？在家里也还和姑母睡不成？在校里怎样呢？"

"在校里当然一人睡……今夜不知为什么，心窝里很怕的样子……慧姊！……你……"

伊慢慢地锁拢她的两眉，身疏懒懒地在床上倚倦着。

伊已容受他的请求，嘱他睡在伊的里边。春情之火，至此已直冲云霄了。虽伊十二分想维持她数年来性的单调之孤寂，但总抵当不过不幸的春神之袭击！于是向这亲爱如小夫的文弟说道："文弟，今夜不知为什么这样暖漾蒙的，我周身颇热，你，还是脱了你的小衫罢！"

"你也脱了。"

"你先。"

"你骗我，我已依你，你为什么还不……慧姊！……"

"文弟！我是不好脱……！"

"打什么要紧，谁知道。"

"文弟，就这样罢，我不……"

"那我也要解了你的扣……慧姊！我周身要消解了一样，不知什么缘故。"

"我心头颇难受，文弟！我今夜……！"

伊竟滴出几滴真珠的泪来，在他俩紧紧拥抱的中间！

"慧姊！你为什么……？究竟如何一回事？……一对昆虫？……《红楼梦》……为什么？……""文弟！你看人家过？……懂……？""你明白说罢！我急极，我要……""文弟呀！不好……的……！""慧姊！这里究竟为什么……？""文弟！……我怎样……！""慧姊！灯熄了罢！……脱了你的……""慢些，……我……"

"…………"

到了这时，一个贞童，一个处女，再也不能不尝试那性的神秘之滋味！由二付美的筋肉，结成了一体的爱了。

不过，纯洁贞明如伊，虽一时被引了火，而白色的心坎里，终难免有忧郁的灰痕。

"文弟！好了罢！"

"无论如何，慧姊！想不到……即我长眠在你的玉体上，也心愿了！慧姊，竟会有这样的事！"

"文弟，无用说了，我已被你……！我心愿的！不过，你当然明白，我此后……！"

在伊的眼内早觉苦痛之花放出它的美丽而鲜艳，而伊竟悲泣起来了！

"慧姊！我无论如何，总请求双亲，同你永远！你勿这样罢，既然，有什么？我可发誓！"

"发誓何必！过去，我当然不追悔；未来的事情，我不能不去想！吃点心时，你是否听得明白，文弟，你知道我多少难过，我要长你……岁！"

"说由她说，年纪有什么关系呢？现在有关系么？否则，誓不承认，除非姊姊！而且爸爸妈妈都很爱我的，我当明白去请求。——我要和慧姊结婚！"

"怎样可说得出来呢？人以为你疯了！文弟！人为什么有这样的事，造出罪恶和苦痛来！"

"怎么说呀？我完全感到这是人生唯一的快乐！慧姊！我已忘怀了人间的一切，在我生命之碑上只镌着'你的爱'三字！"

"文弟！你没有想到前途之挫折！在你没经验者的脑里，你如何能想及生命之风波正是起于幸福之至极！"

"你无论如何不可悲伤！慧姊，这完全是你我二者之事，有我你二者的决心，谁可来阻压！"

"文弟！恐怕……！"

"你竟不相信我么？"

"哪有……！"

"你不爱我了么？"

"文弟除了你，人间没有第二！"

"那你为何这样呢？假如我不能偕你结婚，除非夭亡！"

"文弟，我当以……！"

这时房里的时钟似乎听得分外悲伤，止不住不哭。哭声在他俩耳朵里也听出分外的悠久凄切。

"十二点了！要它慢些它偏这样快。"

"文弟！你明天回去么？"

"不愿回去了！"

"姑母说回去，我也劝你回去，在这里不幸！"

"无论如何，总要再住几天，至少三天；慧姊！你不愿么？"

"不是我不愿！你若能在我家一世，我更快乐的！不过，现在不好，横直要回去，还是早些回去。"

"你竟不允许么？"

他似乎要哭起来的样子。他的头，紧紧地向伊的怀里黏着。伊只好说："我一切依你罢！不过，明早怎样见面，我羞……！"

"我也……慧姊，也是风世……不必……"

"妈妈哟！我欺骗了你。"

"慧姊，你又说？总是我不好！"

"并不，你本来哪里知道！"

"慧姊，我想这是自然而且光明的！"

接着说："有什么不自然不光明呢？去年不是同你和外祖母同睡么？"

"文弟，不要讲了，你好睡了。"

伊一边虽催文弟入睡，一边自己何尝能睡呢？千万枝乱箭，向着伊的心窝里怒放，伊的苦痛的思潮，即伊立时死了尚不能消退一样！一回想——春神之引诱，已身已失了贞节。伊

当然不能再谋他适。万一母亲有决定的女婿时,伊将如何呢?明明禀出这件事,又是不可能;以他种事故来推托,又难使人相信,伊究竟如何好呢?一回想——将来和文弟究竟怎样结婚呢?非但年龄相差过大,就血统上,伊和他又怎样明明可宣告婚约呢?而且他的父母,也当然不愿意的。懊悔,是弱者没意思的行为。而勇敢做去,眼前又步步是荆棘。伊灰色的运命,自然只好随秋风春雨之摧残!不过听听身边已甜甜的浓睡了的他的呼吸,似乎是伊完全可归依的真美新生命。伊也就低低地叹了一口气,抱着至爱的弟弟,勉强糊涂地睡去。

窗外万籁无声,一切在忧思悲虑。

自此以后,他俩的心田上——尤其是伊——各抽长多少不可言喻的苦痛之苗。他俩也不知道这天天劲秀的苗,是谁插在谁的;好似这是根据于土地之辟成。的确,这不能拔除的苗儿,只任着秋风春雨之摧残,萎黄潦倒在他俩的前途。

一九二四年九月一日

一线的爱呀！

绝望到他的眼前还以为是希望时，这是何等的从错误中取得的悲哀呀！

他的脸色已纸一样白了，一对深深的眼窝，含着两颗圆大的乌珠，时常没精采的蒙眬着。颧骨隆起，两颊瘦削到没一些肉了。

一个廿六七岁的青年，卧在一间灰暗色的房内。

房内环睹萧然，已没一样他心爱的值一文钱的东西了。只有他卧着一张四条柱子的竹床，床边一张古旧的桌子。——桌上凌乱着几张废纸，一枝秃笔，一方沾着墨膏的砚，上面还淡淡的被着一层灰，看来是好久没有用过了。此外最触目的，仅有一瓶容 200cc 药量的药瓶——还是一刻钟前 Dr.P 亲来诊他一次以后，叫人送来的，也是他最后的一服活命剂了。P 嘱他分三次服，每次隔二小时，而他既没有时计，也管不到时间，急急地喝了，剩着最后的一口。但也毫不觉得胸中有一些的变动。

他到了这时，清清楚楚地了解，所谓人生的"爱"，在他不过是一线之望了！如能在三天之内招得来，或者他还能挽救他将成过去的未来，一现数年所期待的"爱"。

于是他勉强支持地从床上坐起，身觉得在风涛险恶的船中一样，东倒西歪，头的重量，似占着全身之四分之三。两眼的视线，摇摇地在波动，墙壁也似乎要倒塌了的样子。

他轻轻的叹了一息，接着又咳嗽了二声，慢慢地伸出手（手也只是皮和骨了），颤颤抖抖地将这200cc药瓶所剩着的最后的一口药液，一倾倾在砚上，好似愤怒这一口药于胸中是没有影响了，只拿来作别一口希望的样子。再慢慢地整叠起散乱在桌上的废纸——里面还有四五张是药方。再提起这枝秃笔，到砚上一瞧一瞧着，也没有墨可来磨了。于是想要在纸上写，但一边又精力不胜地停着，眼睛也更蒙眬的一闭，头也更在桌上斜下去，笔也似要落在纸上的样子。又忽然一惊，好像心坎上刺了一针一样。随即在纸上写着，一线的爱呀！

五个潦倒的字，反还苍劲似的。看来好似算一个题目。接着悠悠地一默，断断续续地写道：

唯一的A呀！

何处是翩翩的你！

你还是乘着天风在翱翔？

你还是随着流水在波荡？

你还是被着月色，在一座美丽的花园中跳舞呀？

轻愁呢？还是微笑哟？

低苦呢？还是高欢哟？

你心中所有？

你脸上所现着的呀！

秋色和黄昏窘逼着我，一个凄凉中的C呀！

流完了他的泪了，喊哑了他的喉了，你若不再速来他的眼前时，一切都将静悄悄地，成了他的最后了！

何处是翩翩的你？

唯一的A呀！

写至此，他实不能再续了。他的思想如火燃烧，又如水激荡；一回高，一回低，全身颤动得很厉害，他提起最后的原力，不过又写了一句。

    唯一的Ａ呀！而已。

  他头渐渐的向桌上眠倒，笔触着了纸，纸上晕开了一个淡淡的墨痕。他由疲惫恍惚的状态中，一步步走入睡乡。忽地，到了钱塘白堤上，恰似去年流落着一样，一边尝着放浪的生涯，一边盼爱人之渡过重洋，速来眼内。他慢慢地徘徊着，眼看看长阴的秋云，和憔悴的杨柳，柳叶一片片飞落，还有一二片飞落在他的头上。他心怀里似有无限的蕴结，口里不觉幽幽地唱道，天若有情天亦老，摇摇幽恨难禁！

  似乎在这时，断桥上走上二人。他偶然地触着这新奇的印象，一个西装的美公子，一个正是翩翩的她。不觉顿麻了神经，突起两颗眼珠来看。一些不错，她已被夺了。他的臂已挽着了她的了。他即刻地变成了一个疯人，呼呼地走向她的前面，高声问道："你不认识了我么？"

  接着，他已被她的一切软化了。愁苦地说道："Ａ，你何日渡过重洋，来到圣湖堤上的呀？我接到你报告我回国的消息后，足足一年了，我真待的再待不下去了！Ａ，爱人呀！"

  他随即张开两手向她拥抱，可是抱了一个空，她已躲开不见了。还在耳边隐隐地留着一句清脆的回声："我早已忘了你了！"

  立刻一惊，猛然醒来。他呀，泪珠已在他的眼上了。

  回溯明明白白的梦境，他想："唉！一个不祥的梦呀！梦神爱我，这怕是事实的缩影罢！"

  由是，他反起劲起来，昏昏的回想去年九月，漂泊钱塘，秋风秋雨的一夕，接到爱人Ａ定十月回国的消息。

  当时他何等快乐，重整起理想，想以Ａ回国之后，实现真人的新生活。不料，日望一日，爱人既不知回到何国，而爱人的信息，也不知飘到何乡了！有时想 A 莫非不幸夭亡了？有时想 A 或另有他遇了？但总不肯死心塌地相信这罪过的猜想是事实。因为当他流泪眷顾的时光，他总相信她于他以外，决不看重别人。所以虽厌倦枯干的生活，当且离弃城市，潜逃到乡村里来，于什么事情都无心去做，竟渐渐病了。但还是望着，——A 会到他的眼前来，医救他的生命。

此时连最后的药都喝完了，他的全人生所留有，差不多只有一匹马跑过的时刻，而他还想草一篇——一线的爱哟！招得伊来。不料梦神错爱，用好意来赠他了生的警告，引他过了一番梦幻之后，一心纯粹去领受这绝望的回声的"死"！

他决定梦境全是事实了！最后的"一线的爱哟！"也没有存在而遗留的价值了。除出一个"死"，人间再没有什么得安慰可医救他的生命之物了！

他向枕边取出一盒火柴，抽出二根，向盒边一擦，火柴立刻燃烧起来。火光在暗灰色的房内，焰着绿光，格外显出房内的凄凉和悲惨。他一手拿了这篇未完成的诗稿，点着这火，诗稿也表示同情焚烧起来。他手所执着，正是诗稿上端，"一线"两个字执火柴的一手，随即慢慢地伸展。两眼向着火光，经过了一番红焰，再淡淡地低弱了去，几张白纸，此时已变成黑的，整千万颗的火星，在黑的上游离流走，他，身渐渐地向后侧倒，迷茫恍惚，随这火星至无穷之境。

一九二四年九月十四日

一篇告白

一

妹妹在楼下叫我:"哥哥,可以吃药了。"我没有回答,赶紧地揭起小襟来揩了一揩眼泪,又用一枚碎去了一角的小镜子,照了一照自己的脸,心里微悲地想:"不会被人瞧出我是在哭过么?"但带着红红的眼圈,就不得已地走下楼了。

药的滋味太苦了,简直麻裂了我的喉和舌。但一个要想吞金的青年,竟喝不下一杯苦的水么?——是的,我很知道,在妻的小箱子内,有一只纸的小方盒,里面藏有一只重四钱的赤金戒指,这可以解决我和他们中间的一切纠纷与烦恼了。但当母亲走近时,自己又转过头闪开了。

"还是走出屋外罢!"心想——何苦以自己的秘密,宣示给惯好怪论的侦探似的家人们知道。

瘦长的影子落在田中成了灰色。长工正在田中耕田,对隔岸的农夫说:"是稻株活了呢,还是自己没有气力?假使自己有气力,那怕犁头被鬼拖着呵!"

因为那个农夫叹——田真难耕吓!他们都没有留心我。我是低着头,慢慢地向西北小山走去。

"有谁会了解你?有谁会了解你?"一边就向山脚的C君的坟前俯蹲下去了。

"朋友,我的朋友,生命之绵延,究竟等待着什么呢?一个吞人的浪头过去了，接着又是一个；渣滓一样的我了，被权威所鞭挞着前去，究竟有什么意义呢？"自己含泪地念着。

午后的秋阳晒在背上很热，于是泪涔涔地滴到草叶上，又渗入到坟土中去了。

二

前天晚上父亲对我说："你很有些暮景了！一个青年，竟这样憔悴，连背都驼了。"父亲的语气很凄凉。但我是呆站在惨淡的灯前，灯光是如青色的假面一样，照罩在我的脸上。寂静了一息，他接着说："你今年正是二十五岁呀，正该是壮气凌人的时候。你自己知道么？你却带了一身的悲和痛，躲避在家里，负了百万债似的。什么心事呢？谁给你有委屈么？还是你怨你自己之不得志？"父亲是熟读一册《三国演义》的，接着他又要搬出"诸葛亮躬耕在卧龙山"的时候的故事来了。我无心听他，就趁着小妹妹的哭，勉强做着笑容去逗她玩了。父亲是忘记了当日昼后他对我问他要钱买邮票时的态度，蹙着眉说："两块钱买来又用完了？"——"父亲呀，邮票除贴信以外是没有别的用处的。我也并没有多写空言信，一年多，因心境更恶劣，笔头也更懒了。虽有时是重要的邮件，不挂号也可以，而我总挂号了，但这能多费多少呢！"可是我没有将这话说出口来，说出来谁又会料到父亲的威权将使用到哪里为止呢？在我的家里，变故是颇难逆料的。何况那时母亲正从房里出来，十分疲倦地说："晒着的谷，还待去翻一翻；你不翻，我不翻，还有谁翻呢？各个做客一样。"当时父亲即刻从眠椅上站起来，说："你睡你睡，我去翻，我去翻。"父亲走到晒场，我也跟到晒场，父亲回到屋内，我又跟到屋内；只是默默地,默默地,并没有向父亲说一句"让我来翻"。

三

我近来本有一个新的决定了——新的生,同着新的死。

前年在N埠做小学教师,结果和校长大闹一场而被辞退。去年到P京读书,阳在P大学旁听,实则是跑马路与借钱。今年春夏,在沪在杭,一些没有事做,只在沪杭车道上,来回地瞎跑了几趟罢了。秋开始,病也开始,结果不能不还家乡了。初到家,给友人的信上这样说:"山村丘壑尚可玩,因为我是诗人,还可著作。"半月后,这么向友人说了:"家中嘈杂纠纷,不能读终一篇书,除吃药外,于我身毫无裨益。"近来呢,简直诅咒了:"万罪的家庭,万恶的家庭,它要我的性,它要我的命!"

母亲是爱我的,父亲也爱我,妻,更不用说了;此外哥哥妹妹,总之没有一个不爱我!几天前,母亲烧了一只鸡给我吃,我再三地要他们同坐在一张桌上,可是他们坐下了,却缩回他们向放在我的前面的鸡碗伸来的筷。母亲对妹妹说:"鸡给二哥吃的,分了是不滋补的。"这证明他们之用了全力来爱我。可是我却并没有从这只鸡上得到一窗肉的补益,我反而一天天地更瘦了。因此,我想:"用了新的决定来冲破这牢笼的范围罢!"我要脱离家乡了。

四

密司东差人送给我一封信,我非常快乐。拆信时正在吃饭,就连饭也吃不下去了。父亲疑惑地一边吃着菜,一边问:"谁给你的?"一边又拿去了这个信封仔细地斜看着。我不能不撒谎了:"一位姓陈的。""东缄",这是发信者的简单的两个字,因此,也不能不叫父亲相信了,笑起来说:"陈字的耳朵写作一直,真是个性子粗鲁的人写的。"

五

母亲流着泪,流着泪,人们个个默默地。哥哥到处去问菩萨,都是闷头,于是伏在香案前哭了。字测过了,课卜过了,都说侄儿之病难医。"因为生下就没有根,没有根是怎么会长寿呢?"但侄儿今年六岁了,现在是不思食,气息奄奄,眼也终日闭着。"这儿是太不中用了!"父亲叹息而流涕。

一边,我的二周的孩子,更身热的猛!"寒热病是不要紧的,"本来有人对我这样提议,"热是给他发的愈透愈好,假如这是生来第一次。"不是不懂事的妻,却又惊又急,因为已经四潮了。两手抱着,又不住地叫我倒茶给孩子喝,一杯了,又一杯,我竟在房内做茶房。

父亲终日不满意,母亲呢,"人老了,可以不要活,怕也怕煞!"常这样怨着。有时我不自然地劝了一句,却引起母亲更重地说:"怕也怕煞!假如你在外边,老鸦叫了一声,就想到你了——好呢,还病着?但你哪里能知道?只说要向外跑。"当然,这由我不能体贴她老人家的意思,但家里病人之多,实在该诅咒了,有的患寒,有的患热,有的脚上患湿疮,有的背上发水泡,霍乱,痢疾,竟连用人都个个在床上呻吟。医生一来就半天,老是吸着旱烟坐着;买药的人往来不住地跑。因此,两三只菜罐,竟一天到晚哭泣了。

六

妻抱子给我这么说:"他,你抱去罢,我呢,腰很酸,怕在今天了。"一个阳光红焰的早晨,她说的是关她怀孕十月的事。我不能不急忙将书册收起,接了孩子来,且逗他玩。母亲要给侄儿到五里路外的庙里去求药。妻说:"你请母亲不要去罢,我一定在今天了。"母亲走了,她急来,就没有方法的。于是我向母亲说明,一边请哥哥代去,一边母亲去叫产婆,因为还有别种的机宜。十一时,她产下了,产婆适来。人们忙乱着,拿纸,拿布,拿艾,拿姜,拿剪,拿带——空气十分紧张起来,我莫名其妙地做了打旋的人众中之一主角。也因婴儿来的太速了,使什么都不及备。婴儿喊得十分厉害,她被落在极粗糙的毛纸上,胎盘,脐带,血,打成一团。房内温度可及穿袍子与马褂,婴儿的两臂颤抖着,痉挛着。我看了不忍就蹴足走出来;而人们又轻问着——雄呢?还是雌?好像在这两字上,就含着他或她的终身极异样的命运似的。我可不以为意,就随便的说出来了。妻早向我说过:"你家人是不喜欢养女的,也因你族没有一个好女儿,非寡妇即私通。你父亲是常常骂你妹妹的!"

"哼,我可偏要寡妇或私通的做女儿。"我常似笑非笑的这样答。

经过一阵喧闹之后,家里的空气才稍稍平静。我是跑得十分疲乏了,坐在椅上,眼看天上,这样想——我已有了生的经验了,经此以后可再不要生!

七

白云经西飞东,我常要疑心飞不飞过我的头上?不是我的痴呆,被证明了。"仰头望天,真闲着呢!"家人讥笑的声音,不仅嫂嫂一个。虽然我是挂着养病的招牌,可是不能在我的身上寻出疮患来。"神经衰弱",神经又怎么会衰弱呢?明明闲着玩罢了。"你的哥哥真忙呵,从正月初一日起到年满,没有一天安坐过。"一天,母亲对我这样说,而父亲接着疑问道:"一个时刻忙,却很高兴,一个闲着玩,反愁煞似的。"这时一位亲戚在旁边插嘴道:"读书是劳心者呀!"我不觉心头立刻凄禁起来,眼将滴下泪,又回避过了。

母亲常常收拾了这块破布,又收拾那块;整理了这个小箩,又整理那个。手浸在冷水中要颤抖,夜间在灯下缝补要出眼泪。常常说:"活不多久了!明年兄弟分分清,安息几年。""还有小女儿呢?"父亲问:"送给陈家算了?"

有时我不自量地也插进一句:"妹妹还得多读几年书。"而母亲的答复总是,"你在鼓上打盹!"近来,我很明白自己在鼓上打盹了,从父亲的怒骂里,从母亲疲乏后的唉息里,从家人的私语里,或纠葛与吵闹里,已真正认识了自己微末的影子——但已有新的决定了!

八

"外面西北风这么大,向哪里来?"傍晚父亲问我,我不能回答,而那位在耕田叫怨的长工却代说道:"从西山上走下来呀,跑山过了。"态度几分骇异。但是父亲简短说:"你的药真白吃!"半晌又说:"你怎么会陌生鸡一样。"我止不住滴下泪,幸天已暗,门角落后,会有谁见呢?

晚餐摆好了,我前去吃。席间,人们很少有话,竟连子侄辈都一声不响。我呢,低头眼看着饭碗;一粒一粒地向嘴角边送。"我为什么要坐在这里吃饭呢?"自己总觉不出解答的理由。"呱呀,呱呀"房内新生的小女叫了,我明白——忍耐!努力,我已有了新的决定了。

赤金的想念,至此已忘却。

一九二六年秋

还乡记

一

我提了旅行的皮包，走上了跳板，在茶房招待了我以后，才知道自己所坐的是一间官舱了。一个老婆子跟随在我后面——她穿着蓝布的衣服，腋下挟着一个大布包，一看就可知道是从乡下来的。她，好像不知哪里是路，到处畏惧地张望着，站在官舱的门首，似将要跨进右腿来。

这时，茶房向她高声地呵斥道："喂，走出去，这里是官舱。"

老婆子"唔唔"地急忙退缩着，似吓得要向后跌倒了。我猜测她是想要借宿在官舱的门口边，可是门口边的地板是异常地光滑红亮，不能容许她底粗糙的蓝布衫去磨擦的。我，坐在"官"的舱内了，对那老婆子，觉得有些惭愧。

二

于是我看看官舱内的人们，仿佛他们都像王帝了。

在淡红色的电灯光底下，照着他们多半的脸孔都是如粉团做的一样，有的竟圆到两眼只剩了一条线。他们底肚子，充满了脂肪，走起路来一摇一摆地很像极肥的母鸭。

在他们中，没有事做的，便清闲地在剥着瓜子；要做事的，便做身子一倒，卧在床上，拿起鸦片管来吸。郁郁不乐地似怒视着世界的人也有——一个穿着蓝缎长衫,戴着西瓜小帽的,金戒指的宝石底光芒,在他的手指上闪射着。他不时地呼唤茶房,事情比别人有几倍的多,于是茶房便回声似的在他前面转动,我不知道他到底做什么事。到晚上,在临睡时前,他又怒声地叫喝茶房。

"老爷,还有什么事?"茶房似心里不耐烦,而表面仍恭顺地问。

"打开这只箱子。"

声音从他的鼻孔里漏出来。可是茶房底举动,比声音还快地打开一只箱子。这时我偷眼横看,这位王帝似的客人,慢慢地俯下他底腰,郁郁不乐地从里面取出了一本书。在茶房给他关好了箱子以后,我瞥见这本书的书面,写的是《幼学琼林》。

三

船到码头的一幕,真是世界最混乱的景象。喊叫着,拥挤着,箱子从腿边擦过,扁担敲坏了人底头。挑夫要夺去你的行李,警察要你打开铺盖,给他检查……总之,简直似在做恶梦一般。

中国,不知什么时候可从这个混乱中救出来。像这样码头上的混乱是全国一致的——广州、天津、上海,长江各埠……这个混乱,真正代表了中国。现在,就连家乡的小埠,都是脚夫拼了命地涉过水,来抢夺客人的行李挑了。

四

我在清晨的曦光中,乘着四人拼坐的汽车。车在田野中驱驰着。田野是一片的柔绿色,稻苗如绿绒铺成的地毯一般。稍

远的青山，在这个金丝似的阳光底反映中，便现出活泼可爱的笑脸来。路旁的电线上是停着燕子，当汽车跑过，它们一阵阵地飞走了。也有后跑的，好像燕子队中也有勇敢与胆怯的分别。蝴蝶从这块田畦飞到那块田畦，闪着五彩的或白色的翅膀。农夫与农妇们，则有的提着篮，有的背着锄，站在路边，等待汽车的驰过。

美丽的早晨，可被颂赞的早晨呀。建设罢！农夫们，愿你们举起你们底锄来；农妇们，愿你们顶起你们底筐来！世界是需要人类去建设的。这样美丽的世界，我们更当给它穿上近代文化织成的锦绣的外衣。——在别离乡村三年了的我，这时的心花真是不可遏抑地想这样喝唱出来。

五

可是绿色的乡村，就是原始的乡村。原始的山，原始的田，原始的清风，原始的树木。

我这时已跳下了汽车，徒步地走在蜿蜒曲折的田塍中了。

两个乡下的小脚的女子，一个十七八岁，穿着绿色的丝绸衫裤，一个二十四五，穿着白丝的衣和黑色的裤，都是同样的绣花的红色的小鞋，发上插着两三朵花。年少的姑娘，她的发辫垂到了腰下，几根红线绕扎着。在这辫子之后，跟随着四五个农人模样的青年男子，他们有的挑着担，有的是空手的，护卫一般地在后面。其中挑担的一个——他全身穿着白洋布的衫裤，白色的洋纱袜，而且虽然挑着篮，因为其中没有什么东西，所以脚上是一双半新的皮底缎鞋。他，稍稍地歪着头，做着得意的脸色，唱着美妙的山歌式的情诗：

郎想妹来妹想郎，两心相结不能忘；

春风吹落桃花雨，转眼又见柳上霜。

女子是微笑的袅娜地走着，歌声是幽柔的清脆的跟着，清风吹动她们底丝绸的衣衫，春风也吹动他们底情诗的韵律，飘荡地，悠扬地，在这绿色的旷野间。

这真是带着原始滋味的农业国的恋爱的情调——我想，可是世界是在转变着另一种的颜色了。使我忽然觉得悲哀的，并不是"年少的情人，及时行乐罢"的这一种道学的反对，而是感到了这仍然是原始的乡村，和原始的人物。

六

我走到一处名叫"红庙"的小村落，便休息下来了。

好几家饭店的妇人招呼我，问我要否吃饭。她们站在茅草盖的屋子的门口，手里拿着碗和揩布。我就拣一家比较清净的走了进去。

"先生，你吃灰粥么？"一个饭店里的妇人问我。可是我不知道什么是灰粥。

"吃一碗罢。"我就随口答。

"先生，"她说，"你是吃不惯的。"

"为什么呢？"我奇怪地问，因为我知道卖主是从来不会关心买客的好坏的。

可是她说："这粥是用了灰澄过的水煮的，没有吃惯的人吃下去，肚子是要发胀的。"

"那你们为什么用灰水煮呢？"

"因为'耐饥'些，走长路的客人是不妨碍的。"她笑了。

这时在我旁边一个挑重担的男子，已经吃完他的灰粥了。

"多少钱？"他粗声问。

"六个铜板一碗,两碗十二个。"妇人答。

那男子,就先付了如数的铜子,另外又数了两枚,交给她,同时说:"这当做菜钱。"

"菜钱可以不要的。"妇人说,并将钱递还他。

我很奇怪了——他们为什么这样客气呢?吃饭的菜钱可以不要,恐怕全世界是少有听到的。挑重担的男子和饭店妇人互相推让着,一个说要,一个说不要,我就问她为什么不要的理由。

"这四盆小菜值得什么呢?"她向我说明。"长豇豆,茄子,南瓜,都是从自己的园里拿来的。"一边她收拾着他吃好了的碗筷。"假如在正月,我是预备着鱼和肉的,你先生来,可以吃一点,那也要算钱的。现在天气暖,不好办,吃的人少。"

这样,我坐着几乎发怔。——这真有些像"君子国"里来的人们。在他们,"人心"似乎"更古"了。

同时我又问:"像这样的一个小街坊,为什么有那样多饭店呢?"

"是呀,"妇人一边又命令她底约十岁的小孩子倒茶给我。继续说:"现在是有七家了。三年前还只有三家的。小本经营,比较便当些,我们女人,又没有别的事可做。"

过客又站到在门口,她又向他们招揽着。我因为要赶路,又不愿担搁了她的时间,也就离开板桌和木桩做的凳子,和她告别走了。

七

在每一座凉亭内,在每一处露廊中,总听见人们互相问米价。老年的人总是叹息,年少的人总是吃惊——收获的时期相近了,为什么不见米价的低跌呢?

在某一处的墙壁上,写着这两句口号,字是用木炭写的:"打倒地主,田地均分。"

有一个青年的农夫,指着这几个字向一班人说道:"这是共产党写的呢!他们要将田地拿来平分过,没有财主也没有穷人。好是好的,但多难呵!"

大家默默的。说话的人也说他们自己底话。我这时在旁边,就听见一个十七八岁的农夫,他是口吃的,嗫嗫说道:"天、天、天下无难事,只、只、只怕有心人。我们为、为什么没有饭吃,还、还、还不是,财、财主吃、吃得太好。"

许多人笑了起来。这时我心里想:"革命的浪潮,已经冲到农村了。"

八

这是必然的,你看,家家没饭吃,家家叫受苦,叫他们怎么样活下去呢!

在我到家的两三天内,我访问过了好几家的亲戚。舅母对我诉了一番苦,她叫我为表弟设设法;姨母又对我诉了一番苦,她叫我为表兄设设法;一个婶婶也将她底儿子空坐在家里六个月了的情形告诉我;一个邻舍的伯伯,他已经六十岁了,也叫我代他自己设设法,给他到什么学校去做门房。

我回来向母亲说:"妈妈,亲戚们都当我在外边做了官,发了财了。我哪里有这样多的力量呢!"

"不,"我底母亲说,"他们也知道你的。可是这样的坐在家里怎么办呢?你底表兄昨天是连一顶补过数十个洞的帐子,都拿出去当了四角钱回来,四角钱只够得三天维持,蚊子便夜夜来咬得受不住。所以总想到外边去试试。你有办法么？"

我默默地没有答。以后母亲又说："在家里没有饭吃，到外边只要有一口饭吃就好了。她们总是想，外边无论怎样苦，青菜里总还有一点油的，家里呢，连盐都买不起了！"

母亲深长地叹息了一声。我心里想：农村的人们，因为破产，总羡慕到都市去，谁知都市也正在崩溃了，于是便有许多人天天自杀。我，怎样能给他们有一条出路呢？我摇摇头向母亲说："我没有办法，法子总还得他们自己去想。"

母亲也更沉下声音，说道："他们自己能想出什么办法子？是有法子好想，早已想过了。现在只除出去做强盗的一条路。"

九

在我到家的第三天的午后，太阳已经转到和地平线成九十度直角的时候，我和几个农夫坐在屋外的一株树下——这个邻舍的伯伯也在内。东风是飘荡地吹来，树叶是簌簌地作响，蜜蜂有时停到人们的鼻上来，蜻蜓也在空中盘桓着。这时各人虽然在生计的艰难中，尝着吃不饱的苦痛，可是各人也都微微地有些醉意，似乎家庭的事情忘却了一半似的，于是都聊起天来。以后他们问我外边的情形怎么样，我向他们简单地说道："外边么？军阀是拼命地打仗，钱每天化了几十万。打死的人是山一般的堆积起来。打伤的人运到了后方，因为天气热，伤兵太多，所以在病院里，身体都腐烂起来，做着'活死人'。"

接着，我又叙述了因为打仗的关系而受到的其余的影响。他们个个发呆了，这位邻舍的伯伯就说："这都是'革命'的缘故，'革命'这东西真不好。为什么要打仗？都说是要革命。所以弄得人死财尽。我想，首先要除掉'革命'，再举出'真主'来，天下才会太平。"

于是我问他："要除掉革命用什么方法呢？你能空口喊的他们不打仗么？"

他慢慢地说，似乎并不懂得我的意思。

"打仗打仗，我们穷人是掉在烂泥中了！前前年好收获，还不是因为打了一次仗，稻穗都弄得抽芽了。那一次，也说是革命呢！现在，我们有什么好处。"

这时另有一个农夫慢慢地，敦厚地说："是呀，革命革命，还不是革了有二十年了么？我十八岁的那年，父亲就对我说，革命来了，天下会太平了。柴也会贱了，米也会贱了。可是到现在，我今年有三十七岁，但见柴是一年比一年贵，米是一年比一年买不起，命还是年年革，这样，再过二十年，我们的命也要革掉了，还能够活么？"

我对他的话只取了默默的态度。要讲理论呢，却也无从讲起。大家静寂了一息，只见蝉底宏大的响亮的鸣声。

以后，我简单的这样问："那么你们究竟怎样办呢？你们真的一点法子也没有么？"

第三个农夫答，他同时吸着烟："我们是农民，有什么法子呢！我们只希望老天爷风调雨顺，到秋来收获好些，于是米价可以便宜，那就好了。"

我却微笑地又说："单是希望秋收好是不够的。前前年的年成是好了，你们自己说，打了一次仗，稻穗就起芽来了。这有什么用呢？"

邻舍的伯伯就高声接着说，摔利似的："是呀！所以先要除掉革命才好！"

我却忍不住地这样说道："伯伯，用什么方法来除掉革命呢？还不是用革命的方法来除掉革命么？辣椒是要辣椒的虫来蛀，毒蛇是怕克蛇鸩的。你们当然看过戏，要别人底宝剑放下，你自己非拿出宝剑来不可。空口喊除掉革命，是不能成功的。"

我底话似乎有些激昂的，于是他们便更沉默了。我也不愿和他们老年人多说伤感的话，他们多半是相近四十与五十的人了。我就用了别的意思，将话扯到别的方向去。

十

这是另一次。

一天晚上，我坐在姨母底家的屋外，一处南风最容易吹到的地方。繁星满布在天上，大地是漆黑的，我们坐着，也各人看不清各人底脸孔。在我们底旁边，有一堆驱逐蚊子的火烟，火光和天上的星点相辉照。我们开始是谈当天市上的情形：一只猪，杀了一息就卖完了，人们虽然没有钱，可是总喜欢吃肉。以后又谈某夫妻老是相打的不好，有一个老年人批论说："虽然是'柴米夫妻'，没柴没米便不成为夫妻了，但像这样的天天相骂相打，总不是一条好办法。"再以后，不知怎样一下，话题会转到共产党。

有一个农夫这样说："听说共产党是厉害极了。他们什么都不怕，满身都是胆，已经到处起来了。"

就另有一个人接着说："将来的天下一定是他们的。实在也非他们来不可！"

于是我便奇怪地问他们为什么缘故这样说。前者就答："他们是杀人放火的。人实在太多了，非得他们来杀一趟，使人口稀少了，物价是不能便宜的。至于有许多地方，如衙门之类，是要烧掉才干净，烧掉才痛快的。这是自然的气数，五百年一遭劫，免不掉的。"

我深深地被置在感动中了。——他们底理论，他们的解释。我一时没有接上说话，他们也似讳谈似的，便有人将话扯到别处去了。

十一

可是乡村的小孩子，都会喊"打倒帝国主义"了。

我底五岁的侄儿，见有形似学生的三五人走过，便高声地向他们喊："打倒帝国主义！"

有时他和五六个同伴在那里游戏，他也指挥似的向他们说："我们做打倒帝国主义罢。你们喊，打倒帝国主义，我们便将一两个人打倒了。"

孩子们多随他说，同样高声地，指出他们底手指，向一个肥胖的笨重人喊："打倒帝国主义！"

我们还能看见到处的墙壁上，这样的口号被写着。虽然"打"字或者会写木边，"倒"字会落掉了人旁。但是横横直直满涂在墙上，表示他们意识着这个口号，喜欢用这句口号，是显然的了。

十二

一到晚上，商人们都在街上赤膊地坐起来了。灯光是黝暗地照着他们底店内，货物是复复杂杂地反映着。街并不长，又窄又狭的，商人们却行列似的赤膊排坐在门首，有的身子胖到像圆桶一样，有的臂膀如两条枯枝扎成的，简直似人体展览会一般。

我穿着一通青布的小衫，草帽盖到两眉，从东到西地走着。可是在我底后面,有人高声地叫呼我底名字了。我回转向原路走去。

"是你么,B君?"

一个小学时代的朋友,爽直而天真的人。

"你回来了么?"

他的身躯是带黑而结实的,他底圆的脸这时更横阔了。

"生意好么?"

我问他。同时又因他顺手地向椅上拿衣服,我却笑起地又向他问:"你预备接客么?"

"不是啊,"他说,"我们好几年没有看见了,我想问问你,外边帝国主义的情形怎样,国货运动又怎样?"

我一边坐下他底杂货店的门口,一边就向他说:"关于商业,我是从来不留心的,至于一批投机商人的国货运动,我也觉得讨厌他们。"

"比奸商的私贩洋货总好些罢?"

他声音很高地向我责问。可是我避过脸孔没有回答。

接着,我就问他在商业上,他近来有怎样的感想。他说:"总还是帝国主义呵!帝国主义的经济侵略实在太厉害了!同是一种货,假如是自己的,总销行不广;即使你价值低跌到很便宜,他也会从政府那里去贿赂,给你各处关卡的扣留。想起来真正可怕。"

他垂下头了。静寂一息,他又继续说:"所以帝国主义这东西不打倒,中国是什么法子也弄不好的!你看,近几年来的土布,还有谁穿呢?财源是日益外溢了,民生是日益凋敝了——朋友,这两句话是我们十几年前,在学校里的时候谈熟的,现在,我是很亲切地感到了!你,弄了文墨,还不见怎样罢？"

　　这位有着忠诚的灵魂的朋友，是在嘲笑我了。他底粗厚的农民风很浓的脸孔，是带着悲哀而苦笑了。我不知道自己怎样向他作解辩的回答。我只是神经质地感叹着：中国的人民实在是世界上最良好的人民——爱国，安分，诚实朴素地做事，唉，可惜被一般军阀，官僚，豪绅，地主弄糟了！我就纯正地稍稍伤感地向他答："B君，你底话是不错的。书是愈读愈不中用的。多少个有学问的经济学博士，对于国民经济的了解，怕还不如你呢！所以，B君，目前救中国的这重任是要交给于不识字的工农的手里了。"

　　我受了他底一杯开水，稍稍谈了一些别的就离开他了。

　　第二天，我也就乘了海船，回到我孤身所久住了的都市的他乡底家里。

一九三〇年九月十七日夜半上海

三姊妹

　　为深沉严肃所管辖着的深夜的西子湖边，一切眠在星光的微笑底下；从冷风的战栗里熟睡去了。在烟一块似的衰柳底下，有一位三十岁的男子，颓然地坐着；似醉了，痴了一般。他正在回忆，回忆他几年来为爱神所搬弄得失败了的过去。他的额上流着血，有几条一寸多长的破裂了的皮，在眉的上面，斜向的划着，这时已一半凝结着黑痕，几滴血还从眼边流到两颊。这显然是被人用器物打坏的。可是他并不怎样注意他自己的受伤，好似孩子被母亲打了一顿一样，转眼就没有这一回事了。他的脸圆，看去似一位极有幸福的人一样；而这时，一种悔恨与伤感的苦痛的夹流，正旋卷地在他胸中。夜色冷酷的紧密地包围着他，使他全身发起颤抖来，好像要充军他到极荒鄙的边疆上去，这时，公文罪状上，都盖上了远配的印章。他蒙眬的两眼望着湖上，湖水是没有一丝漪澜的笑波，只是套上一副黑色而可怕的假面，威吓他逼他就道。一时，他又慢慢地站起来，在草地上往回地走了几圈。但身子非常的疲软，于是又向地上坐下，还卧倒了一时。

　　下面是他长夜的回忆：

　　　　　　　一

　　八年前，正是他的青春在跳跃的时代。他在杭州德行中学里最高年级读书，预备再过一年，就好毕业了。那时他年轻，貌美，成绩又比谁都要好。所以在这校内，似乎占着一个特殊的地位。这都由他的比其他同学们不同的衣服，穿起一套真哔叽的藏青色制服来，照耀在别人的面前的这一种举动上可以证明。

秋后，学生会议决创办一所平民女子夜校，帮助附近工厂里的女工识字。他就被选为这夜校的筹备主任兼宣传员。当筹备好了以后就着手宣传，这时一位同学来假笑的向他说："Mr.章，你有方法使校后的三姊妹到我们这里来读书么？你若能够，我就佩服你宣传能力的浩大了。"

他随问："怎样的人呢？"

"三姊妹，年纪都很轻，长得非常的漂亮。"

"就是你们每星期六必得去绕过她们的门口的那一家么？"

"是啊！我们把她家当花园看待的。"

这位同学手足舞蹈起来。他说："那有什么难呢，只要她们没有受过教育，而且没有顽固的父母就好。"

"条件是合的，她们仅有一位年老的姑母，管理她们并不怎样好的家。她们是有可能性到我们这里来读书的。"

"好，"他答应着，"明天我就去宣传。我一定请到这三朵花，来做我们开学仪式的美丽的点缀。"

"看你浩大的能力罢。"那位同学做脸地说。

第二天，他就挟着几张招生简章，和一副英雄式的态度，向校后轩昂地走，他的心是忙碌着，他想好一切宣传的话；怎样说起，用怎样的语调，拣选怎样的字眼——一路他竟如此想着。

走进她们的门口，他一径走进去。但三位可爱的姑娘，好似正在欢迎他一样，拍手大笑着。在她们的笑声中，他立住了。唉！真是三位天使，三只彩色的蝴蝶，三枝香艳的花儿。她们一齐停止了笑声，秀眼向他奇怪地一看，可是仍然做她们自己的游戏了。一位五十余岁的头发斑白的老妇人从里面出来，于是问他做什么事，他稍微喘了一喘气，就和这位慈善妇人谈起来了。

谈话的进行是顺利的，好似他的舌放在顺风中的帆上一样。他首先介绍了他自己，接着他就说明他们所以办这所夜校和女子为什么应当读书的理由，最后，他以邻里的资格，来请她们去加入这个学校。他的说话是非常的正经有理，竟使这位有经验的老姑母失了主张。她们也停止了嬉笑，最幼的一位走到他的旁边来。

于是姑母说："章先生，那末这个丫头，藐姑，一定送到贵校里来，你们实在有难得的热心。"一边她随向藐姑问，"藐姑，这位章先生叫你们到他校里去读夜书，愿意么？"

藐姑随便点一点头说："愿意的。"

"好，那末到开课的那天再来接她。"稍稍息了一息，又说，"还有那两位妹妹呢？"

姑母说："年龄太大了罢？莲姑已经二十岁，蕙姑也已经十七岁了。"

"也好，不过十七岁的那位妹妹，还正好读几年书呢！有两个人同道，夜里也更方便些，小妹妹又可不寂寞了。"

"再看，章先生，假如蕙姑愿意的话。我是不愿意她再读书了，而她却几次嚷着要再读。"

这样，他就没有再多说。以后又问了藐姑的年龄，姑母答是十四岁，"她们三姊妹，每人正相差三岁呢。"又转问了他一些别的话，他是很温柔地答着。姑母微笑了，并嘱他以后常常去玩——这真是一个有力量的命令，顿时使他的心跳跃起来。他偷眼向窗边一看，叫做莲姑的正幽默地坐着，她真似一位西洋式的美人，眼大，闪动的有光彩，脸丰满而洁白，鼻与口子都有适度的大小和方正，唇是嫩红的，头发漆黑的打着一根辫儿垂在背后，身子穿着一套绿色而稍旧的绸夹袄裤，两足天然地并在地板上。他又仔细地一看，似乎他的神经要昏晕去了。一边听着姑母说话，他就接受了这种快乐，走了出来。

二

　　光阴趁着人们的不留意，飞快地过去。平民女子夜校也由热烈的进行，到了冷淡的敷衍了。这一以学生们的热情是有递减性的缘故，二以天气冷起来，姑娘们怕得出门，三呢，似乎以他和蕙姑姊妹的亲昵，引起其他的同学们的不同情。可是他并不怎样减低他的热度，他还是极力的设法，维持。这其间，他每隔一天就跑到莲姑的家里一趟。莲姑微笑地迎接他，姑母殷诚地招待他，他就在她们那里谈天，说笑，喝茶，吃点心，还做种种游戏；他，已似她家的一位极亲爱的女婿一般。他叫这位姑母也是姑母，叫莲姑，对别人的面是叫莲妹，背地里只有他俩人时，就叫妹妹。总之，这时他和莲姑是恋爱了。他的聪明的举动，引起她们一家非常的快乐；再加他是有钱的，更引得她们觉得非有他不可，简直算是一位重要而有靠的宾客了。

　　有一天晚餐前，房内坐着他和莲姑，姑母三人。他正慢慢地报告他家中的情形——说是父母都在的，还有兄弟姊妹，家产的收入也算不错。于是这位姑母就仔细的瞧了他，一边突然向他问道："章先生，听说你还没有订过婚呢？"

莲姑当时就飞红了脸,而他静默地答:"是的。"

姑母接着说:"我可怜的莲姑,你究竟觉得她怎样?"

他突然大胆而忠心地答:"我非莲姑不娶!"一面向莲姑瞧了一眼,心颤跳起来,垂下头去。

姑母说:"你的父母会允许么?你是一个有身份的人,我们是穷家呢。"

他没有说,而莲姑却睁大她的一双秀眼,向姑母痴娇地问:"姑母,你怎样了?"

姑母却立了起来,一边悲感地说:"我是时刻担心你们三姊妹的终身大事。你们现在都长大了,可怜你们的父母都早死,只有我一人留心着你们,万一我忽然死去,你们怎么办?章先生是难得的好人,可惜我们太穷了。"

一边,她就向门外走出去,拭着她的老眼泪。这样,他走近莲姑,静静地立在她的身边,向她说:"妹妹,你不要急,我已写信到家里去了。父亲一定不会阻挠我们前途的幸福的。"

莲姑却慢慢地说:"章先生,恐怕我配你不上啊?"

他听了却非常不舒服,立刻用两手放在她的两肩上,问:"妹妹,你不爱我么?"

她答:"只有天会知道我的苦心,我怕不能爱你。"一边红了眼圈,一边用她的两手取下肩上的他的两手。

而他趁势将她的两手紧紧的捏住说:"妹妹,不要再说陈腐的话了!我假如得不到你的爱——万一你的爱更宝贵地付给理想的男子的时候,我也一定要得你大妹的爱;假如你大妹又不肯来爱我,我也定非你的小妹爱我不可!除了你们三姊妹,此外我是没有人生,也没有天地,也没有一切了!妹妹,你相信我罢,我可对你发誓。"

一时沉思深深地落在他俩人之间。当然,她这时是愿意将身前的这位青年,立刻变做她理想的丈夫的。

门外传来了薇姑的叫声:

"章先生!章哥哥!"

于是他就将她的手放在嘴边吻了一吻,说:"你的小妹回来了。"一边,他就迎了出去。

继续一星期,他没有到她们的家来,老姑母就奇怪了,问莲姑道:

"章先生好久没有来,你前次怎样对待他的呢?"

莲姑没有答,蕙姑说道:

"真奇怪,为什么这样长久不来呢?莫非病了么?"

姑母又问薇姑,这几天她有没有看见他在校里做些什么事情。薇姑说:

"看见的机会很少,只见到两次,好似忧愁什么似的。夜里也并不教我们的书。对我也不似从前亲热。有一回,只说了一句,'小妹妹,你衣服穿得太少了。'一面就冷淡淡地走开。"

这几句话,简直似尖刀刺进莲姑的心。她深痛地想道:

"一定是他的父亲的回信来了,不许他自由呢,否则,他是快乐的人,决不会如此的愁虑。不过父亲就是不允许,也该来一趟,说个明白。莫非从此不来了么?"

她隐隐地想到自己的运命上去,眼里似乎要流下泪,她立起走开了。她们也没有再说话,只有意的看守寂寞的降临似的。可是不到半点钟,他到了,他穿着一件西装大衣,一顶水手帽,盖到两眉,腋下挟着两罐食物,两盒饼干,跳一般地走到了。房内的空气一齐变换了,薇姑走到他的面前,他向她们一看随即问:"莲妹呢?"

姑母答:"她在房内呵!"

而莲姑房内的声音:

"我就出来了。"声音有些战抖。一种悲感的情调,显然在各人的脸上。接着他就看见莲姑跑出来,她的眼圈是淡红的,哭过了,她勉强地微笑着。他皱了一皱眉,向她说:

"你也太辛苦了,时常坐在房内做什么呢?"

蕙姑说:"姊姊是方才进去的,我们正奇怪,你为什么长久不来呢?"

"呵,"他说,"我好久不来了。"

"你又忧愁什么呢?"

"唉,却为了一个题目呀。"他笑了起来,接着叙述地说:"你们知道么?此地中等以上各学校,要举行一次演讲竞赛会了。我已被选为德行中学出席的演讲员。你们也知道,这是一件难事罢?这和我的前途名誉是有关系的,所以为了一个题目,却预备了一整星期的讲稿。为了它,我什么都没有心思,所以你们这里也不能来了。明天晚上就是竞赛的日子,我带了三张入场券来,你们三姊妹可以同去。地点在教育会大礼堂,那时有一千以上的人与会,评判员都是名人,是值得你们去参观一下的。竞赛的结果是当场公开的,假如我能第一,小妹妹,不知道你们也怎样快乐呢!"

姑母也就插嘴说:

"所以你不到这里来。即使第一,又有什么用呢?"

"第一当然是要紧的,"莲姑说,"一个人有几次的第一呢?我们女子,简直没有一次第一。"

他听了,心里觉得非常的舒畅。同时想,假如明天不第一,岂不是又失望又倒霉么?姑母一边忙碌起来,向屋内走动，于是他问：

"姑母你忙什么呢？"

"你在这里吃了晚饭去。"

"不，校里还有事。"

"有这许多事么？现在已经是吃晚饭的时候了。"

"我就去——姑母，这样罢，假如我明天竞赛会得到优胜了，后天到这里吃夜饭。你们庆祝我一下。"

她们都说好的。他看一看莲姑，似轻轻地向她一人说：

"明天你一定要到会的。"

莲姑点一点头，他就走出来了。

三

演讲的结果是奇异的优胜的。全堂的拍手声，几乎集中在他一人的身上，给他收买去一样。许多闪光的，有色彩的奖品，放在他的案前，他接受全部的注目，微笑地将这个光荣披戴在身外了。一般女学生们用美丽的脸向他，而他却完全像一个英雄似的走了出来。在教育会的门口，他遇见莲姑三姊妹——她们也快乐到发抖了。他低声的向她们的耳边说：

"妹妹，我已第一了；记住，明天夜饭到你家里吃。"

他看她们坐着两辆车子，影子渐渐地远去了。他被同学们拥着回到了校内，疲乏的睡在床上，自己觉得前途的色彩，就是图画家似乎也不能给他描绘得如此美丽。"美人"，"名誉"，这真是英雄的事业呢！他辗转着，似乎他的一生快乐，已经刻在铜牌上一样的稳固。他隐隐的喊出：

"莲妹，我亲爱的，我们的幸福呵！"

第二天，他没有上了几点钟的功课，一到学校允许学生们自由出外的时候，他就第一个跑出校门。向校后转了两个弯，远远就望见莲姑三姊妹嬉笑的坐在门边。他三脚并两步的跳上前去，捉住了蕤姑的脸儿，在她将放的荷瓣似的两颊上，他给她狂吻了一下。直到这位小妹妹叫起来："章先生，章哥哥，你昨夜得了一个第一就发疯了么？"

他说："是呀。"

蕤姑歪着笑脸说："我假如是个男人，我要得第一里面的第一呢！像你这样说一下有什么希奇？倒还预备了一星期，聚眉蹙额的，羞煞人。幸得没有病了还好！"

说着就跑进去。他在后面说：

"等一下我捉住你，看你口子强不强？"

她们也随即走进屋内。说笑了一回，又四人做了一回捉象棋的游戏。在这个游戏里，却常见他是输了的。每输一回，给她们打一次的手心。以后蕤姑笑他说：

"亏你昨夜得了一个优胜，今天同我们比赛，却见你完全失败了！"

这样，他要吻她，她跑了。

吃晚饭的时候，他非常荣耀而矜骄地坐着。姑母因为要给这位未来的女婿自由起见，她自己避在灶间给他们烧菜蔬。他是一边笑，一边吃，想象他自己是一位王子，眼前三姊妹是三位美丽的公主。一边，他更不自觉地喝了许多酒。

吃完了饭，酒的刺激带他陶然地睡在一张床上，这是她们三姊妹的房内。蕤姑也为多喝了一杯酒而睡去了，莲姑和蕙姑似看守一位病人似的坐在床沿上，脸上也红得似沾上两朵玫瑰，心窝跳动着，低着头听房外的自然界的声音。他是半意识地看看她们两人，他觉得这是他的两颗心；他手拽住被窝，恨不得一口将她们吞下去。他模糊地偷看着她们的肉体的美,温柔的曲线紧缠着她们的雪似的肌肤上,处女的电流是非常迅速地在她们的周身通过。他似要求她们睡下了,但他突然用了空虚的道德来制止他。

他用两手去捏住她两人的手,坐了起来,说:

"两位妹妹,我要回校去了。"

她们也没有说,也是不愿意挽留,任他披上了大衣,将皮鞋的绳子缚好,又呆立了一息,冲到门口。一忽,又走回来,从衣袋内取出一枚桃形的银章,递给莲姑,笑向她说:

"我几乎忘记了,这是昨夜的奖章,刻着我的名字,你收藏着做一个纪念罢。"

莲姑受了。夜的距离就将她们和他分开来。

第三天的下午,他又急忙地跑到她们的家里。姑母带着蕙姑和藐姑到亲戚那里去了。他不见有人,就自己开了门,一直跑到莲姑的房内。莲姑坐着幻想,见他进来,就立了起来。而他却非常野蛮地跑去将她拥抱着,接吻着,她挣扎地说:

"不要这样!像个什么呢?"

"什么?像个什么?好妹妹,你已是我的妻子了!"

一边放了手,立刻从衣袋里取出一封信。快乐使他举动失了常态。抽出一张信纸,蔽在她的眼前,一边说:

"父亲的信来了。"

"怎么呢?"

"他听到我这次竞赛会得了一个第一,他说,可以任我和你结婚,你看,这是我俩怎样幸福的一个消息呀?"

他想她当然也以这个消息而快乐。蜜语,微笑,拥抱,接吻,于是就可以随便地举行了。谁知莲姑颠倒的看了几看信,却满脸微红的愁思起来，忧戚起来，甚至眼内含上泪珠。他看着，他奇怪了，用两手挡着她下垂的两颊，向上掀起来，用唇触近她的鼻，问道：

"妹妹，你不快乐么？"

她不答。他又问：

"你究竟为什么呢？"

她还不答。他再问：

"你不愿么？"

"我想到自己。"她慢慢地说了这一句。

"为什么又想到你自己？想到你自己的什么？"

"我没有受过教育，我终究是穷家的女子，知道什么？你是一个……"

她没有说完，他接着说：

"你为什么常想到这个呢？"

一边从他的衣袋里掏出一方手帕，递给她，她将泪拭了，说：

"叫我用什么来嫁给你呢？"

"用你美丽的心。"

他真率地说了出来。她应：

"这是不值钱的。"

"除了这个，人生还有什么呢？最少在你们女子，还有什么更可以嫁给男人的宝物？"

"唉，我总这样想。姑母是昏的，不肯将我嫁给工人。但我想，我想，我们的前途未必有幸福。章先生，你抛开我罢！你为什么要来爱我？爱我？我连父母也没有，又没有知识。注目你的女学生们很多呢！请你去爱她们。将这封信撕了罢！抛开我罢！"

这样，她退到了床边，昏沉地向床卧倒。他也不安地走到她的身边，一时，他问：

"莲姑，你痴了么？"

"我不痴。"

"我有什么得罪了你么？"

"哪里。"

"那末，我无论怎样是爱你的！我只要你这颗美丽的心，我不要你其他一切什么，妆奁呀，衣服呀，都是没有意思的。"

停一会，又说：

"你若要知识，这是没有问题的。我一定送你入学校，我有方法，无论婚前或者婚后。"

她一时呆着没有话。当然，她听了这几句恳切的慰语，烦闷的云翳是消退了。他又说：

"妹妹，你有读书的志愿，更使我深深地敬佩你。不过知识是骗人的，假如你愿意受骗，这是一件容易的事，而且我们又年轻，你如能用心，只要在学校三年，就什么都知道了。你也会图画，你也会唱歌，妹妹，这实在是容易的事。"一边他将手放在她的肩上，凑近说，"你真是一个可爱的人呢！妹妹，现在我求你……"

她是低头默想着。但这时，她似决定了——早年她所思索的，以及她姑母所盼望的所谓她的理想的丈夫，老天已经遣"他"来补偿这个空虚的位子了。她似乎疑心，身边立着的多情而美貌的青年，是她眼光恍惚中的影子，还是胸内荡漾着的心？一息，她娇憨而微笑地问：

"你求我什么呢？"

"我求你。"他简直似小孩在母亲身边一样。

"什么呢？"

他将口子去接触她玫瑰的唇边，颤动说：

"求你快乐一些。"

"我已经快乐了。你岂不是看见我在微笑么？"

她一边用手推开他的脸颊。

四

以后，四周的恶毒的口子，却随着他和莲姑的爱情的增加而逼近了。同学们责难他，校外的人们非议他。姑母听得不耐烦，私向莲姑说："姑娘，你也知道外界的议论么？章先生到我们家里来的次数实在太多了。下次来，你可以向他说，请他努力读书，前途叙合的时候正多哩，现在不可消磨志向，还得少来为妙。姑娘，这不是姑母不喜欢你们要好，你看，我们这个冷静的家，他一到，就有哈哈的大笑声音了，不过别人的话是无法可想。况且你们也都还年轻呢！"莲姑听了这段话，气得脸上红热了。表面虽还是忍受，心里却想反抗了，"我们已经商量过，我们只有自己的幸福，我们没有别人的非议。别人是因为没有幸福而非议的，假如他们自己也在这样幸福的做，他们也憎恶别人的非议了"。但这全是纯粹幼稚的心，他们不知道社会的非议，立刻可以驱走幸福的；而且从此，幸福会永远消灭了。没有过了几天，他就被校长先生叫到校长室。

老校长拨动胡须，气哼哼的严酷而又带微笑地向他说：

"你是一个好学生，但你们的学生会将你弄坏了！什么自由出入，什么女子夜校，现在，你的名誉好么？恐怕你的竞赛会第一的荣誉，早已被一个土娼式的女子窃取去还不够了！

不，是你自己甘心送给她的。社会的舆论是骂你，也骂我；当然，是骂我'管教不严'。不过，我要在这个学校做校长，免不了别人的责难。你呢，你年轻，又聪明，有才干，总值得为前途注意一下，以后不要到她们土娼式的家里去才好。"

他从来没有受过这样的侮辱，况且又侮辱他神圣的恋人，他气极了！两眼火火地对校长说：

"校长，你只要问我的学业成绩怎样，犯了学校的何项规则就够！假如我并没有犯规则，成绩又是及格的，那我爱了一个女子，和一个我要她做妻子的姑娘恋爱，这是我终身的大事，你不能来干涉我！就是我的父母也来信给我婚姻自由了！"

说完，他就转身向门外走了。

一星期后，中学发生风潮了。这位顽固的老校长，有解散学生会所办的平民女子夜校的动议——当然，也因平民夜校的教员，爱上平民夜校的女生的谣言，一对一对的起来太多了。平民夜校里的重要人物，多是学生会里面的委员，于是学生会就立刻开会，提出十几条对于学校的要求来。什么经济公开，什么择师自由，于是校长更老羞成怒——还因第二天早晨，校长揭示处贴着张很大的布告，上写"只准教员宿娼，不许学生恋爱"十二个大字，下署"校长白"。被一位教师看见，告诉校长，校长怒不可遏，就下了一道以学风嚣张为理由，解散学生会的命令。于是学生以为压迫全体的学生，群起反对。接着，校长就出了一张严重的布告，在布告后面，斥退了十六个学生，列着十六个名字，不幸第一个就是他。他一见，心就灰冷，他觉得他是十分冤枉。他因为爱莲姑的心深切，不能不对于家庭讨点好感，对于学校处顺从的地位。处处想和校长避免了误会，当学校有解散学生会的议案时，他就向学生会辞去执行委员的职，这时被同学们责难了许多话。十几条要求：他并没有提议过一条，甚至同学们表决举手的时候，他也低头沉默着，不置可否。虽则平日他是一个意气激昂的人，到这时他终究知道任性会妨碍他和莲姑的结婚；一时的冲动，会将他永久的幸福破坏了。所以几次当学生大会时，他想发表一点于校长不利的意见，却几次似莲姑在身边阻止一样，"不要宣布罢，这样我们会被拆散了！"将他锐气所激动的要发音的喉舌，几次的压制下去了。可是校长竟凭情感做事，以他列在斥退榜上的首名，这不能不使他由悲愤而气恨了！当时的错误是在这一点：他这级的级任先生是非常钟爱他的，私向他说，"你单独去请求校长，向校长上一封悔过书。一面我再代你解释误会。现在已经是阴历十一月半，离放假只有一月。你先回家去，明年再来，不使你留级，只要半年，仍旧可以毕业了。你听我的话，上一封悔过书，"他当时竟赌气回答道，"我有什么过？叫我上悔过书？他对学生冤枉了，就不能出一张赦免的布告么？不毕业就是，我无过可悔。"他非特不听这位级任先生的话，反将风潮鼓动得更大起来：捣毁校长室，驱逐校长，学生会组织自卫队管守校门，不准校长的一党入校，一边向省长公署教育厅请愿，下免校长职令；分发传单，向各校请求援助；种种，他竟是一个领导的脚色了。结果呢，他和他们被警察驱逐出校，勒令回籍，好像押解犯人一样，将他送上沪杭车，竟连别一别莲姑都不能，一直装到上海了。

他是气弱的在上海马路上奔走了一星期，他心里非常的悲伤，失了他的莲姑似乎比失了他的文凭更厉害。他决计要报这次的仇，他不回家去，筹借了二百元钱，预备到北京入什么大学，以备三年后自己要来做德行中学的校长。在他未往北京的前几天，顾念他心爱的莲姑，他偷偷地仍回到杭州，别一别他未来的妻子，风潮的消息，也一条一条地传到她们三姊妹的耳里了。开始是说学生不上课了，接着是说他被校长斥退了，结果是说他被负枪的警察逼迫着走上火车，充军似的送到远处去了。姑母当初听了，战抖地叫藐姑到校里来打听，而藐姑打听了以后，竟吓得两腿酸软了走不回去。她哭着向她的姑母和姊妹们说："章先生是不会再到我们家里来了！他绑在校内的教室边的柱子上，好像前次我看见的要枪毙的犯人一样了！章先生的脸孔青白，两眼圆而火一样可怕，章先生恐怕要死了！"这几句话，说得姑母她们都流起泪来；莲姑的心，更似被刀割下，放在火上烧一般，她几乎气殪过去。这样，她们在悲伤与想念中，做事无心的，只等待他的消息，无论从哪一方向来，报告他身体的平安就是。

莲姑有时嚼了两口饭，精神恍惚地向她姑母说：

"姑母，章哥是有心的人，不久总有信来罢？大概总回到家里去了，不会生病么？他不会把我们甩掉的！"

姑母嗳嚅地安慰她：

"是的，是的，是的，邮差走过门口，我就想交给我一封从章先生那里寄来的信才好呢！不过三天之内总会有的。"

蕙姑说：

"也许他身体气坏了，病了；也许他从此父母就压迫他，不许他讲什么自由；也许，也许……"

"也许什么呢？姊姊！"藐姑问。

"也许怪我们了，不愿再和我们来往了。"

"什么缘故呢？姊姊！"藐姑又问。

"人家都说他是为了我们才斥退的！"

"为了我们才斥退的？"

"是呀！"

"那末一定不再来了！"

"难说。"

各人一时默然，眼眶上又要上泪了。

五

她们这样盼望了几天，声息终究如沉下海底的钟一样。一天傍晚，在莲姑仿佛的两眼内，他分明地走到她的前面来了。他很快地走，走到了她的身边，将遮住到眼睛以防别人看见的帽子，向上一翻，露出全个苦笑的脸来。

在她的眼内，脸比从前清瘦许多了。莲姑一时战抖起来，垂下头，说不出话，只流泪的。他用手去弹了她颊上的泪，姑母进来了，立刻大喊：

"章先生，你来了么？"

"来了，"他说，"让我休息一下罢。"

他就走向莲姑的床边，睡倒，脸伏在被上，悲伤起来。姑母说：

"让你休息一下罢，你们还是孩子呢！"

她又避开出去，好像避了悲哀似的。莲姑走到他的身边，坐上，向他问：

"你没有回到家里去过么？"

"没有。"

"这许多天在什么地方呢？"

"上海。"

"什么时候回来的呢？"

"就是此刻。"

"你来看我们的么?"

"为你来的。"

静寂一息,她又问:

"你能在这里住长久么?"

"不能。"

"打算怎样呢?"

"到北京去。"

"到北京去么?"

莲姑的声音重了,在她,北京就和天边一样。他答:

"是的,我没处去了。家里,我不愿去,无颜见父母了。还是到北京去,努力一些,再回到这里来和你结婚,争得一口气。"

"过几时回来呢?"

"总要三年。"

"三年?"

"三年,那时我二十五岁,你呢,二十三岁——不过两年也说不定。可以什么时候早回来,我还是早回来的。"

这样,莲姑是坐不安定了,将头伏在他的胸上,呜咽的:

"哥哥,你带我同去罢!你带我同到北京去罢!我三天不见你,就咽不下饭了,三年,三年,叫我怎样过得去呢?哥哥,你带我同去罢!"

他这时似乎无法可想,坐起来说:

"好的,再商量罢。妹妹,你不可太悲感,你应该鼓励我一点勇气才好。"

姑母拿进茶来,蕙姑也在后面跟进来,她一句不响地坐在

门边,莲姑就向她的姑母说:

"姑母,章先生说要到北京去呢!"

姑母也大惊问:

"到北京去?什么时候去呢?"

"在这里住三天。就要动身了。"

"什么时候回到这里来呢?"

"三……我想将莲姑……不,再说罢!"

他就将头靠在床边,凝视着不动了。姑母悲伤地摇摇头,好似说:

"那末我的莲姑要被你抛弃了!"

她开口道:

"章先生,你为什么要闯这个祸啊?我们听也听得心碎了。"

他垂着头说:

"变故要加到你的身上来,这是无法避免的。"

房内沉静了一息,蕙姑说道:

"章哥哥,你可以在这里多住一下么?"

"不能,我一见这座学校,就气起来。而且住的长久,一定会被他们知道,又以为我来鼓动同学闹风潮了。"

停了一息,又说:

"我想早些到北京去,也想早些回来,中间我当时时寄信来。除了你们三姊妹,我再没有记念的东西了。"

这样,他又凝视着不说。

莲姑这时也在深深地沉思:眼前的这位青年,是她可爱的丈夫,她已委身给他了。除了他,她的前途再也不能说属于谁人。可是他俩的幸福生活还未正式的开始,苦痛已毫不客气地将他们拉得分离开来了。他从此会不会忘记了她!这实在无人知道，三年的时间是非常悠远的。她求他同他去，这是一个梦想，她还不是一位女孩儿么？经济与姑母们又怎样发付呢？她不能不感受心痛了！她想，莫非从此她就要落到地狱里去么？但他若真的忘了她，她也只好落到地狱里去，去受一世的罪孽，她已不愿再嫁给谁了。——这时，她抬头看一看身边的他，谁知他也想到了什么，禁不住苦痛的泪往眼角冲上来了。他转一转，斜倒头说：

"给我睡一睡罢！不知怎样，我是非常地疲倦了！"

姑母也受不住这种凄凉的滋味，开口说：

"你们姊妹应当给章先生一点笑话，章先生到北京去还要等到后天呢。"

恰好这时，薇姑从外边回来，这位可爱的小妹妹，她却来试着打破这种沉寂的悲情的冰冻了。她不敢声张的起劲说：

"章先生，你偷偷的来了么？警察会不会再将你捉去？"

"不会的，小妹妹，你放心。"

他随取她的手吻了一吻。始终，他知道他在她们三姊妹中是有幸福的。一边，这位姑母去给他们预备晚饭了。

夜色完全落了下来。

六

他在她们家中这三天的生活，是他和这三姊妹间可以发生的快乐，他们都尽力地去找寻到了。他们竟似有意将这三天的光阴，延长如三年，三十年似的，好像从此再不会回来了的幸福，他们要尽力在其间盘桓一下。谈，笑，接吻，拥抱，他们样样都做遍了；他们的笑声，有时竟张到口子再也张不开来为止。冬天的晚上，似乎变做春天的午后。在他，这次斥退的代价实在有了。可是光阴是件怪物，要它慢，它偏快的使人不能想象。现在，他终于不得不走了。

在这中间，他向她们誓言，尤向莲姑指着心说——他永不忘记她们了，除非这颗心灭去，他以后按每个星期天的早晨，或长或短的总有一封信来，报告他的近况和安慰；她可以按着一定的时间，向邮差索取的。一到明年暑假，他决定再回到杭州来走一趟，会见这三位刻在他一生的心碑上的姊妹。这都可以请她们放心的，而且可以望她们快乐的，他向她们深切地说过了。

他要走了，似一个远征军出发时的兵士，勇敢而又畏惧的。她们送着他，也似送一个人去冒险一样，战跳着失望的心。他是乘夜班火车回到上海，为要避免人们的看见。当吃这餐晚饭时，她们仍想极力勉强地说笑一番，他也有意逗她们玩，可是在莲姑，笑声终究两样了。她想她渺茫的前途，自己能力的薄弱，又看看眼前这位爱人，是不是到底被她捉住的，这只有天知道。她不敢自由地悲伤起来，他可以从她的做作的脸上看出，而泪珠始终附和着大家的笑声而流下来了。三姊妹送他到火车站，背地里莲姑向他说：

"哥哥，愿你处处留着我的影子，我的心是时刻伴在你的身边的。"

他紧急的回答了一句：

"假如上帝不相信有真爱情存在的时候，你就出嫁罢！"

火车的汽笛简直吹碎了莲姑的心，火车轮子的转动，也似带了她在转动一样。他这时的眼中，火车内也不仅是一个他，处处还有莲姑呢？

但"时间"终使别离的人感到可怕。

他到了北京以后，开始他的约定的，除了读书和接洽入学校的事以外，他都用他纯洁幼稚的心来想到莲姑，摹拟她的举动，追求她的颜色，有时从书里字行内也会看出她的影子，路边的姑娘，也会疑作她的化身的。在两个月之内，竟发出了八封信，里面可以叫作"爱情的称呼"的字眼，他都尽量拣选的用上去，而用完了。

两个月之后，倦怠的冷淡的讥笑来阻止他，似叫他不要如此热情而努力。从莲姑手里得来的回信，只有两封，每封又只有寥寥几行字，爱情并不怎样火热地在信纸上面跳跃，而且错字减去了她描写的有力。当他一收到她的第一封信时，他自己好似要化气而沸腾了。他正在吃晚饭，用人送进粉红色的从杭州来的洋封的信。他立刻就咽不下去饭了！他将这口饭吐在桌上，怀着他的似从来没有什么宝贝比这个再有价值的一封信，跑到房内。可是当他一拆开，抽出一张绿色的信纸时，他的热度立刻降下来，一直降到冰点以下！他放这封信在口边，掩住这封信哭起来了。他一边悲哀这个运命将他俩分离开来，一边又感到什么都非常的失望。在这中间，他也极力为他的爱人解释——她是一个表达能力不足的女子，她自己也是非常苦痛的，他应该加倍爱她。他可以责备社会的制度不好，使如此聪明的女子，不能求学；他不能怪他的爱人不写几千字的长信，在信里又写上错字了。当初她岂不是也向他声明她是一个无学识的女子么？他决计代她设法，叫她赶紧入什么学校，他在两个月后的第一封信，明明白白地说了。不知怎样，几个月以后，信是隔一月才写一封了。暑假也没有回到杭州来，在给莲姑的信上的理由，是说他自己的精神不好，又想补修学校的学分，所以不能来。实在，他是不想来了！几时以前，他又收到他父亲寄来的一封信，信上完全是骂他的词句，说他在外边胡闹，闹风潮，斥退，和人家的姑娘来往，这简直使这位有身份的老人家气得要死！最后，他父亲向他声明，假如他再不守本分，努力读书，再去胡作胡为，当停止读书费用的供给，任他流落去了。这样，他更不能不戒惧于心，专向学问上面去出点气。对于莲姑的写信，当然是一行一行的减短下来了。在高等师范里，他算是一位特色的学生。

所谓神圣的恋爱，所谓永久的相思，怕是造名词的学者欺骗他那时的！否则，他在北京只有四年，为什么会完全将莲姑挤在脑外呢？为什么竟挨延到一年，不给莲姑一条消息呢？莲姑最后给他的信，岂不是说的十二分真切么？除了他，她的眼内没有第二个男子的影子，而他竟为什么踌躇着，不将最后的誓言表达了呢？家庭要给他订婚时，他为什么只提出抗议，不将莲姑补上呢？虽则，他有时是记起这件婚事的，但为什么不决定，只犹豫着，淡漠地看过去呢？他要到杭州来才和她结婚，这是实在的，但他莫非还怀疑她么？无论如何，这是不能辩护的，莲姑的爱，在他已感觉到有些渺茫了。他将到杭州来的几个月前，他也竟没有一封快信或一个电报报告她。爱上第二个人么？没有真确的对象。那末他是一心一意在地位上想报以前被斥退的仇了？虽然是如此，"杭州德行中学新校长委任章某"这一行字已确定了。但人生不是单调的，他那时就会成了傻子不成么？

七

隔离了四年的江南景色，又在他的眼前了。

他到了杭州有一星期。在这一星期中，似乎给他闲暇地打一个呵欠的功夫都没有。他竟为校事忙得两眼变色了。这天晚上，他觉得非去望一望莲姑不可。于是随身带了一点礼物，向校后走去。全身的血跟着他的脚步走的快起来。路旁的景物也没有两样，似乎生疏一些。他想象，莲姑还是二十岁的那年一样，美丽而静默的在家里守着。

他又勇敢起来，走快了几步，一直冲进她们的门。房内是黑漆漆的，似比以前冷落一些。薍姑坐在灯下，他这时立刻叫道："蕙姑，你好么？"

薍姑睁大眼向他仔细一看，说：

"你是章先生？"

"是。"他答。

蕙姑立刻从里边追出来，他转头一看，稍稍惊骇了一息，伸出他的两手，胡乱地叫出：

"莲姑！你……"

声音迟呆着没有说完，薍姑说：

"章先生，她是蕙姊呀！"

"你是谁？"他大惊的问。

"我是薍……"声音有些哽咽了。

"薍姑！你竟这么大了么？"

"是呀，我们已四年不见面了！我十八岁了，二姊二十一岁了。"

"你的大姊呢？"他昏迷地问。

"大姊？"

"是，莲姑？"

"她，她……"薍姑一边想，一边吞吐地说，"她已经二十四岁了！"

"啊，好妹妹，我不问年纪，我问你的大姊到哪里去了？"

"唉？"

藐姑骇怪地回问。他立刻想冲进莲姑的房里，她又气喘地叫，"章先生！"

"什么？"

"大姊不在了！"

"死了么？"

"已经出嫁了！"

"你说什么？"

"出嫁六个月了。"

"出嫁六个月了？"

他回音一般地问。藐姑缓缓的说：

"你一年来，信息一点也没有。大姊是天天望，天天哭的。身子也病过了，你还是没有消息，有什么方法呢？

大姊只得出嫁了，嫁给一个黄胖的商人，并不见得怎样好。"

藐姑不住地流出泪，他也就在门边的门限上坐下了。

他将头和手靠在门边，痴痴地说：

"梦么？我已经说不出一句话来了！"

蕙姑苦痛地站在他的身边，而这位老姑母适从外面进来。藐姑立刻向她说："姑母，章先生来了。"

"谁？"

"就是我们以前常常记念的章先生。"

"他？"姑母追上去问了一声。

他没精打采地转过头说：

"姑母，求你恕我！你为什么将莲姑嫁了呢？"

"章先生！你为什么一年多不给我们一点消息呀？我们不

知道你怎样了？莲姑是没有办法……"

"我以为莲姑总还是等着的，我可以等了莲姑四年，莲姑就不能等了我四年么？"

"你还没有结婚么？"姑母起劲地问。

"等了四年了！因为我决意要找一个好地位，等了四年了！现在，我已经是……可是莲姑出嫁了！我为什么要这个？"

姑母停了一息，问：

"章先生，你现在做了什么呢？"

"前面这个中学的校长。"

"你做大校长了么？"

老人苦笑出来。他颓唐地说：

"是，我到这里已一星期。因为学校忙，才得今晚到你们家里来。谁知什么都不同了！"

老人流出泪来叫道：

"唉！我的莲姑真薄命啊！"

他一边鼓起一些勇气地立了起来，说：

"姑母，事已至此，无话可说。我将这点礼物送给你们，我要走了。"

一边手指着桌上的两包东西，一边就开动脚步。藐姑立刻走上前执住他的手问：

"章先生，你到哪里去呢？"

"回到校里去。"

"你不再来了么？"

他向含泪的藐姑看了看，摇一摇头说：

"小妹妹呀，你叫我来做什么呢？"

他就离开她们走出门了。

八

当夜，他在床上辗转着，一种非常失望的反映，使他怎样也睡不去。他觉得什么都过去了，无法可想，再不能挽救——莲姑已嫁给一位不知如何的男子，而且已经六个月了。他想，无论如何，莲姑总比他幸福一些。譬如此时，她总是拥抱着男人睡，不似他这么的孤灯凄冷，在空床上辗转反侧。因此，他有些责备莲姑了！他想女子实在不忠实，所谓爱他，不过是常见面时的一种欺骗的话。否则，他四年可以不结婚，为什么她就非结婚不可呢？她还只有二十四岁，并不老，为什么就不能再等他六个月呢？

总之，她是幸福了，一切的责备当然归她。他这时是非常的苦痛，好似生平从没有如此苦痛过；而莲姑却正和她的男人颠倒絮语，哪里还有一些影子出现于她的脑里，想着他呢！因此，他更觉得女子是该诅咒的，以莲姑的忠贞，尚从他的怀里漏出去，其余还有什么话可说呢？他想，他到了二十六岁了，以他的才能和学问，还不能得到一个心爱的人，至死也钟情于他的，这不能不算是他人生不幸的事！他能够不结婚么？又似乎不能。

这样，他又将他的思路转到方才走过的事上去。他骇异蕙姑竟似当年的莲姑一样长，现在的薇姑还比当年的蕙姑大些了。姊妹们的面貌本来有些相像，但相像到如此恰合，这真是人间的巧事。他在床上苦笑出来，他给她们叫错了，这是有意义的；否则，他那时怎么说呢？这样想了一息，他轻轻地在床上自言自语道：

"莲姑已经不是莲姑了,她已嫁了,死一样了。现在的蕙姑,却正是当年的莲姑,我心内未曾改变的莲姑。因为今夜所见的藐姑,岂不是完全占着当年蕙姑的地位么?那末莲姑的失却,为她自己的幸福,青春,是应该的。莫非叫我去娶蕙姑么?"

接着他又想起临走时藐姑问他的话,以及蕙姑立在他身边时的情景。这都使他想到处处显示着他未来运命的征兆。

房内的钟声,比往常分外的敲响了两下。他随着叫起来:

"蕙姑!我爱你了!"

一转又想:

"如此,我对蕙姑的爱情,始终如一的。"

他就从爱梦中睡去了。

第二天一早就起来,洗过脸,无意识的走到校门,又退回来。他想,"我已是校长了,抛了校务,这样清早的跑到别人的家里去,怕不应该罢?人家会说笑话呢?而且她们的门,怕也还没有开,我去敲门不成么?昨天我还说不去的呢!唉,我为爱而昏了。"

他回到校园,在荒芜的多露的草上,来回地走了许久。

校事又追迫他去料理了半天。下午二时,他才得又向校后走来。态度是消极的,好像非常疲倦的样子。他也没有什么深切的计划,不过微微的淡漠地想,爱情是人生之花,没有爱情,人生就得枯萎了。可是他,除了和莲姑浓艳一时外,此外都是枯萎的。

路程是短的,他就望见她们的家。可是使他非常奇怪——他从来没有看见过她们的家有过客,这时,这位姑母却同三位男子立在门口,好像送他们出来的样子,两位约五十年纪的老

人，一位正是青年，全是商人模样，絮絮的还在门口谈判些什么。他向他们走去，他们也就向他走来。在离藐姑的家约五十步的那儿，他们相遇着。他很仔细地向他们打量了一下，他们也奇怪地向他瞧了又瞧。

尤其是那位青年，走过去了，又回转头来。他被这位姑母招呼着，姑母向他这样问道：

"章先生，你到哪里去呢？"

他觉得非常奇怪，因为姑母显然没有欢迎他进去的样子。而他却爽直地说："我到你们家里来的。"

姑母也就附和着请他进去。同时又谢了他昨天的礼物，一边说："章先生太客气了，为什么买这许多东西来呢？有几件同样的有三份，我知道一份你是送给莲姑的。现在莲姑不在了，我想还请章先生拿回去，送给别个姑娘罢。"

他听了，似针刺进他的两耳，耳膜要痛破了。他没有说话，就向蕙姑的房里走进去。蕙姑和藐姑同在做一件衣服，低着头，忧思的各人一针一针地缝着袖子。姑母在他的身后叫：

"蕙姑，章先生又来了。"

她们突然抬起头，放下衣服，微笑起来。

他走近去。他这时觉得他自己是非常愚笨，和白痴一样。他不知向她们说什么话好，怎样表示他的动作。他走到蕙姑的身边，似乎要向她悲哀地跪下去，并且要求，"蕙姑，我爱你！我爱你！你真的和你姊姊一样呢！"但他忧闷地呆立着。等蕙姑请他坐在身边，他才坐下。藐姑说道：

"章先生，你送我们的礼物，我们都收受了。可是还有一份送给我大姊的，你想怎样办呢？"

"你代我收着罢。"他毫无心思的。

薇姑说:"我们太多了,收着做什么?我想,可以差人送去,假如章先生有心给我姊姊的话。"

"很好,就差人送去罢。"他附和着说。

姑母在门外说,摇摇头:

"不好的,那边讨厌得很呢!"

惠姑接着说:"还是以我的名义送给姊姊罢。我多谢章先生一回就是了。等我见到姊姊的时候,我再代章先生说明。"

他眼看一看她,苦笑的,仍说不出话。许久,突然问一句:

"我不能再见你们的姊姊一次么?"

惠姑答:"只有叫她到此地来。"

这位姑母又在门外叹了一口气说:

"不好的,那边猜疑得很呢!丈夫又多病,我可怜的莲姑,实在哭也不能高声的。"

他似遍体受伤一样,垂头坐着。薇姑向他看一看,鼓起勇气地对门外的姑母说:"姑母,姊姊并不是卖给他们的,姊姊是嫁给他们的!"

老妇人又悲叹了一声说:

"小女子,你哪里能知道。嫁给他,就和卖给他一样的。"

姊妹们含起眼泪来,继续做她们的工作。他一时立起来,摇着头在房内来回地走了两圈。又坐下,嗤嗤地笑起来。他非常苦痛,好像他卖了莲姑去受苦一样。一息,他聚着眉向薇姑问:

"小妹妹,你大姊没有回来的时候么?"

"这样,等于没有了!谁能说我大姊一定什么时候回来呢?"

他觉得再也没有话好说,他自己如冰一般冷了。他即时立起来说：

"还有什么好说呢？——我走了！"

藐姑却突然放下衣服，似从梦中醒来一样，说：

"再坐一息罢，我们已经做好衣服了。"

他又在房内走了两步，好似彷徨着没有适当的动作似的。一时，他问，方才这三位客人是谁？但她们二人的脸，似经不起这样的袭击，红了。藐姑向她的姊姊一看，他也向蕙姑一看，似乎说：

"事情就在她的身上呢！"

他的脸转成青色了。他退到门的旁边，昏昏的两眼瞧住蕙姑，他觉得这时的蕙姑是非常的美——她的眼似醉了，两唇特别娇红，柔白的脸如彩霞一样。但这个美丽倒映入他的心中，使他心中格外受着苦痛。他踌躇了，懊伤了，十二分地做着勉强的动作，微笑着向她们说：

"我要走了，你们做事罢。我或者再来的，因为我们住的很近呢！"

她们还是挽留他，可是他震颤着神经，一直走出来了。

九

路里，他切齿地自语，不再到她们的家里去了！蕙姑想也就成了别人的蕙姑，她家的什么都对他是冷淡的，他去讨什么？藐姑还是一位小姑娘，总之，他此后是不再向校后这条路走了。

他回到了校里，对于校里的一切，都有些恼怒的样子。一个校役在他房里做错了一点小事，他就向他咆哮了一下。使这位校役疑心他在外边喝了火酒，凝视了半分钟。他在床上睡了一息，又起来向外面跑出去。他心里很明显地觉得——一个失恋的人来办学校，根本学校是不会办好的。但他接手还不到十天，又怎么便辞职呢？

他每天三时后到校外去跑了一圈，或到有妻子的教师的家里瞎坐了一息，为要镇静他自己的心意。在他的脑里，他努力地要将她们三姊妹的名字排挤了。

这样又过了一星期。一天，他刚穿好漂亮的衣服，预备出去，而藐姑突然向他的房里走进来，叫他一声：

"章先生！"

他转过眼，觉得喜悦而奇怪，呆了一忽，问：

"藐姑，你来做什么呢？"

藐姑向他的房的四壁看了一看，说：

"姑母因为你送我们许多东西，想不出什么可以谢谢你，所以请你晚上到我们家里吃便饭。你愿意来么？"

"心里很愿意，可是身体似乎不愿意走进你的家里了！"

"为什么呢？"藐姑奇异地问。

他说，"一则因为你的大姊出嫁了，二则你的二姊又难和我多说话。总之，我到你们家里来，有些不相宜的了。"

藐姑当时附和说：

"这因为章先生现在做了校长了！"

他突然将藐姑的两手执住，问她：

"小妹妹，这是什么意思呢？"

藐姑抽她的手说：

"你今晚早些就来罢，现在我要回去了。"

他还是执着地说：

"慢一些，我有话问你。而且你若不正经地答我，我今晚是不来了,也永远不到你们家里了。"

"什么呢?"她同情地可爱地问。

他急迫地茫然说出:

"你的蕙姊对我怎么样?"

蘋姑的脸红了,娇笑着:

"这叫我怎样回答呢?章先生。"

他也知道说错了,改了口气说:

"小妹妹,这样问罢,你的蕙姊有没有订过婚呢?"

"还没有。"

"那末前次的三人是什么人呢?"

"两位是做媒的,一位是看看蕙姊来的。"

"事情没有决定么?"

"似乎可以决定了。"

他立刻接着问:

"似乎可以决定了?"

蘋姑笑一笑,慢慢地说:

"姑母因为她自己的年纪老了,姊姊的年纪也大了,就想随随便便的快些决定,许配给一位现在还在什么中学读书的。不知什么缘故,前次来过的两位媒人,昨天又来说,说年庚有些不利,还要再缓一缓。这样看来,又好像不成功了。"

"又好像不成功了么?"他追着问。

蘋姑答:

"又好像不成功了!"

这时,他好像骄傲起来,换了一种活泼的语气说:

"嫁给一个中学生有什么意思呢?你的姑母也实在太随便了。"

藐姑低头娇羞地凄凉地说：

"我们太穷了，又没有父母，谁看重呢！"

他深深地感动了，轻柔地问她说：

"小妹妹，你此刻回去罢，我停一下就来了。"

藐姑转了快乐的脸色，天真地跑出去。他又跌在沙发上，沉思起来。

十

他在这次的晚餐席上，却得到了意外的美满。蕙姑的打扮是简单的，只穿着一件青色绸衫，但显出分外的美丽来，好似为他才如此表情的。姑母也为博得他的欢心似的，将许多菜叠在他的饭碗上，而且强他吃了大块的肉。她们全是快乐的样子，蕙姑虽有几分畏缩，但也自然而大方的。藐姑说了许多有趣的话，使大家笑得合不拢口；似乎姑娘们不应该说的话，她也说出来了，使得她姑母骂她，她才正经地坐着。他在这个空气内，也说了许多的话。他详细地说他家庭的近况，报告了他在北方读书的经过，及到这里来做校长的情形，他眼前每月有多少的收入。总结言之，他说他这种行动，似乎都为莲姑才如此做的；没有莲姑，他当变得更平凡，更随便了。但莲姑终究不告知他而出嫁了！幸得这消息是到了她们家才知道，假如在北京就知道，他要从此不回到杭州来了。他有几句话是说得凄凉的，断断续续的；但给这位姑母听了，十分真切；也就对他表示了一番不幸的意思。老姑母低下头，他就提出，在这个星期三要和蕙姑藐姑去游一次湖，姑母也答应了。

星期三隔一天就到，他一句话也不爽约地同她们在湖里荡桨。秋阳温艳地漫罩着全湖，和风从她们的柔嫩的脸边掠过，一种微妙的秋情的幽默，沉眠在她们的心胸中。

他开始赞了一套湖山之美，似在赞美蕙姑似的。接着就说了许多人生的问题，好像他是属于悲观哲学派。但这是他当时的一种做腔，他是一个乐天的人，肯定而且向前的。他所以说，"做人实在没有意思，"是一种恳求的话，话的反面就是，"只有爱情还是有些意思的"。不过蕙姑姊妹，并不怎样对于这种问题有兴趣，她们对于他的话，总是随随便便地应过去了。

荡过了湖，他们向灵隐那边去。太阳西斜了一点，她们选择一所幽僻的山边坐着。蕙姑坐在一株老枫树底下一块白石上，盘着腿，似和尚参禅一般。他在她的身边偎卧着，地上是青草，他用手放在她的腿上。薇姑，聪明的女孩子，她采摘了许多野花，在稍远的一块地上整理它们。

这时他仰起头向蕙姑说：

"妹妹，你究竟觉得我怎样？"

蕙姑默然没有答。他又问：

"请你说一句，我究竟怎样？"

蕙姑"哈"的笑了一声，羞红着脸，说：

"你是好的。"

他立刻坐了起来，靠近她的身边，就从他的指上取下一只金的戒指，放在她的手心内，说：

"妹妹，你受了这个。"

"做什么呢？"她稍稍惊异地问他。

"爱的盟物。"他答。

她吃吃地说：

"章先生，这个……请你将这个交给我的姑母罢。"

一边她执着那个戒指，两眼注视着。他随即微笑着用手将那只戒指戴在她的左手的无名指上。同时说：

"我要交给你，我已经戴在你的指上了。你看，这边是一个爱字，那边有我的名字。"

蕙姑颤荡着心，沉默了许久。她似深思着前途的隐现，从隐现里面，她不知是欢笑的，还是恐怖的，以后，她吞吐地问：

"章先生，你为什么不差人向我姑母说明白呢？"

"我是赞成自由恋爱而结婚的，我不喜欢先有媒妁。假如妹妹真的不爱我，那我们就没有话了！"

可是蕙姑叹息说：

"姊姊也是爱你的，你和姊姊也是恋爱呢，但姊姊和你还是不能结婚。"

他说："这是你的姊姊不好，为什么急忙去嫁给别人呢？我是深深地爱你的姊姊的，我到现在还是独身啊！"

蕙姑苦痛的似乎不愿意地说：

"你一年没有信来，谁知道你不和别人订婚呢？你假如真的有心娶我的姊姊，你会不写一封信么？现在姊姊或者有些知道你来做校长，不知姊姊的心里是怎样难受呢！姊夫并不见怎样好，他是天天有病的！"

她的眼泪如水晶一般滴下，他用手攀过她的脸说：

"不要说，不要说，过去了的有什么办法呢？还有挽救的余地么？我希望你继你的姊姊爱我，你完全代替了你姊姊。否则，我要向断桥跳下去了！"

这样，两人又沉寂了一息。这时也有一对美貌的青年男女，向他们走来。又经过他们的身边，向更远的幽谷里走去。四人的眼全是接触着，好像要比较谁俩有幸福似的。

薮姑理好了她的野花，走近他们说：

"姊姊，我们可以回去罢？"

他也恍惚地看了一看他的表说：

"回到孤山去走一圈，现在是四点少一刻。"

一边，两人都立起身子。

十一

从此以后，挫折是完全没有了。爱神是长着美丽的翅膀飞的，因此，他和蕙姑的进行，竟非常的快，俨然似一对未婚的夫妻了。蕙姑对于他，没有一丝别的疑惑，已完全将她自身谦逊地献给他了。他骄傲的受去，也毫不担心地占领了她。他每天必从校门出来，向校后走，到她们的家里。在那里也是谈天，说笑，或游戏；坐了许久，才不得已地离开她们，回到校内。这已成了他的习惯了，他每天到她们的家里一次，就算下雨，还是穿起皮鞋走去。姑母的招待他，更和以前不同了，细心的，周密的，似一位保姆一样，而且每天弄点心给他吃，使他吃得非常高兴。

一面，他和蕙姑就口头定下结婚的条件了。他已向她们表示，明年正月在杭州举行婚礼，再同蕙姑回家一次，住一星期，仍回到杭州来。一面，他供给这位姑母和薮姑每月几十元的生活费，并送薮姑到女子中学去读书。总之，她们一家三人的一切，这时他统统的愿意背上肩背上去了。

多嘴的社会，这时是没人评论他。有的还说以他的年青与地位，能与平常的女子结婚，还算一回难得的事了。

学生们，也因校长是一位光棍，找一个配偶，并不算希奇，也没有人非议他。只有几位教师，向他取笑，有时说：

"章校长,我们一定要去赏鉴一下校长太太,究竟是怎样一位美人呢?"

于是他笑答:

"好的,我领你们去罢。"

他就领他们到蕙姑的家里,胡乱地说一回。他们好像看新娘一样的看蕙姑,于是大赞其美丽。而他也几次叫蕙姑是"我的",使得蕙姑满脸娇羞,背地里向他讨饶地说:

"章哥哥,你不要这样罢。"

而他笑眯眯的要吞她下去一样地说:

"解放一点罢,怕什么呢?我们终究要成夫妻了!"

有时他在摇椅上摇着身子,看看蕙姑想道:

"我的这一步的希望,已经圆满地达到了!"

这样过去了约两月,在太湖南北的二省,起了军事上的冲突了。杭州的军队,纷纷地向各处布防,调动;杭州的空气,突然紧张了。"江浙不久就要开火,"当人们说完这句话,果然"不久"接着就来。人们是逃的逃,搬的搬,不到一星期,一个热闹的西子湖头,已经变成凄凉的古岸了。这简直使他愁急不堪,他一边顾念着蕙姑姊妹,一边天天在校里开会,在学校议决提早放假的议案以前,学生们已经一大半回家去了。一边,学校的各种预备结束。

这一晚,在十时以后,他又跑到蕙姑的家里,蕙姑姊妹正在哭泣。他立刻问,"你们哭什么呢?"

蕙姑说:"邻舍都搬走光了。"

"姑母呢?"

"姑母到亲戚家去商量逃走的方法,不知逃到哪里去好,人们都说明天要打进这里呢!"

他提起声音说：

"不要怕，不要怕，断没有这件事。三天以内，决不会打到杭州的。而且前敌是我军胜利，督署来的捷报。不要怕，不要怕！"

"人们都说火车已经断了，轮船也被封锁了。"

"没有的事，我们校里的教师，有几位正趁夜班去的呢。"

他说了许多的理由，证明她们可以不必害怕。于是她们放心下来。一时，藐姑问：

"章哥哥，我们究竟怎样好呢？"

"等姑母回来商量一下罢。"

"不要逃么？"

"或者暂时向哪里避一避。"

静寂了一息，她又问：

"那末你呢？"

"我？我不走。等它打进杭州再说。"

"为什么呢？"

"不愿离开杭州。"

"学校要你管着么？"

"并不，不愿离开杭州。"

又静寂了一息，姑母慌张地回来了。她一进门就叫："不好，不好，前敌已经打败了！此刻连城内的警察都开拔出去了。"

他随即疑惑的问：

"下午快车还通的呢？"

姑母沮丧的说：

"不通了！不通了！车到半路开回来了。"

藐姑在旁边听得全身发抖，牙齿骨骨地作响，她向他问：

· 214 ·

"章哥哥，我们怎样呢？"

他向她强笑了一笑说：

"你去睡罢，明天决计走避一下好了。"

而姑母接着说：

"我想明天一早就走，到萧山一家亲戚那里去。现在赶紧理一点东西，薇姑，将你冬天要穿的衣服带去。"

于是他搔一搔头，又向薇姑说：

"小妹妹，你先去穿上一件衣服罢，你抖得太厉害了。"

薇姑悲哀地叫：

"事情真多！我们好好的只聚了三月，又什么要避难了！"

同时，蕙姑不住地滴下眼泪。姑母又向他问：

"章先生，你不逃么？"

"叫我逃到哪里去呢？"

凄凉地停了一息，又说：

"我本想待校事结束以后，倘使风声不好，就同你们同到上海去。现在火车已经断了，叫我哪里去呢？我想战事总不会延长太长久，一打到杭州，事情也就了结了。所以我暂时还想不走。"

薇姑很快地接上说：

"你同我们到萧山去好么？"

他随向姑母看了一眼说：

"我还有一个学校背在背上，我是走不干脆的。"

姑母又问：

"听说学校统统关门了？"

"是呀，只有我们一校没有关门。因为我们料定不会打败仗的。现在没有方法了，一部分远道的学生还在校内呢！"

喘一口气又说：

"不过就是打进来，学校也没有什么要紧。最后，驻扎军队或伤兵就是了，我个人总有法子好想。"

姑母着急的说：

"章先生，眼前最好早些走；现在的打仗是用炮火的。打好以后，你总要早些回到杭州来。"

这句话刚才说好，外面有人敲门。她们的心一齐跳起来，蕙姑立刻跑到他的身边。他探头向外问：

"哪一个呀？"

外面的声音：

"章校长，王先生请你去。"

他看了一看表，长短针正重叠在十二点钟。一边姑母已经开了门，走进一位校役来，随向他说：

"今夜的风声非常紧张，听说前敌已经打败了，退到不知什么地方。火车的铁桥也毁了，还说内部叛变，于是校内的学生们骚扰起来，王先生请你赶快去。"

"还有别的消息么？"他又问。

"听说督军老爷亲身出城去了，城内非常的空虚，连警察也没有。"

"还有别的消息么？"

"方才校门外烧了一个草棚，学生以为敌兵打到校内，大家哗起来。"校役奇怪地说。他笑了一笑，向校役说：

"好，你去，我就来。"

校役去了。他一边又向姑母问：

"你们决计明天走？"

"只好走了！"蕙姑流出泪来。

他执住蕙姑的手说：

"那末我明天一早到这里来，我们再商量罢。"

姑母说：

"请章先生一早就来，否则我们要渡不过江的。"

"天亮就来。"

他一边说，一边向门外急忙的走出去，留下蕙姑姊妹。

十二

战争在他是完全该诅咒的！他想到这里，似乎再也不愿想下去了。

那时的第二天，待他醒来，已是早晨七时。他急忙穿好衣服，洗过脸，跑到她们的家里，而她们家的门，已铁壁一般的关起来了。她们走了，他立在她们的门外呆了半晌，没精打采地回到了校内。似乎对于战争，这时真心的感到它的罪恶了！他想蕙姑姊妹，不知走向何方面去了，渡过钱塘江，又谁知道几时渡回来？他愤了，他呆了，在风声鹤唳的杭州城内，糊涂地过了几天，就同败兵一同退出城外。

以后，他流离辗转了一个月，才得到上海。在上海滩上记念蕙姑，已是无可奈何的一回事。再过半月，战争已告结束，败的完全败了，胜的却更改他一切的计划。德行中学的校长，也另委出一个人了。

他非常失意的在上海过了两月，他转变了他教育的信仰心，向政治一方面去活动。以后，也就得着了相当的成功，唉，可是对于蕙姑的爱，觉得渺茫了，渺茫了！他的神经，似为这次战争的炮弹所震撼，蕙姑的影子，渐渐地在他的心内隐没去了。

想到这时,他的气几乎窒塞住了。他展开手足,在湖滨的草地上仰卧多时。于是又立起来,昏沉地徘徊。

此后又过了四年,一直到现在。在这四年内的生活,他不愿想,好似近于堕落的。他有些老去的样子了,四年前的柔白的面皮,现在打起中年的皱纹来,下巴也有丛黑的胡须了。他的炯炯有英雄气的目光,也深沉起来,似经过了不少的世故的烁闪。四年以前的活泼也消失了,现在只有沉思与想念,或和一般胡闹的同僚作乐就是了。

这期间,他也没有去找蕙姑的心思,总之,他好似蕙姑已是他过去的妻子了,和莲姑一样的过去。这四年他都在军队里生活,现在已升到师部参谋之职,他觉得军队的生活是报酬多,事务少,又非常舒服而自由的,因此,将四年的光阴,一闪眼的送过去了。

现在,他和他的一师兵同时移防到杭州来。在到杭州的当晚,他和德行中学一位同事在湖滨遇见。那位同事立刻叫他:"章先生,你会在杭州么?听说你已经做官了?"

"还是今天同军队一道来的。"

他答,又转问:

"王先生现在哪里?"

"我仍在德行教书,没有别的事可做。"

他说:"教书很好,这是神圣的事业。我是一面诅咒军队,一面又依赖军队的堕落的人了!"

"客气客气,章先生是步步高升的。"

两人又谈了一些别的空话。于是王先生又问:

"章先生从那次战争以后,就没有和蕙姑来往了么?"

他心里突然跳了一跳,口里说:

· 218 ·

"以后就无形隔离了,不知怎样,就无形隔离了!不知道蕙姑现在怎样?"

王先生说:

"现在?现在我也不知道。不过有一时期,听说她那位姑母到处打听章先生的消息呢!也有几封信写到府上,没有收到一封回信。以后,她们疑心章先生是死了,她们天天哭起来。以后我也不知道。至于章先生升官的消息,我还是前天从友人那里听来的。"

他这时模糊地问:

"你没有去看过她们一回么?"

"没有,我也离开过杭州一年呢!"息一息又说,"假如章先生有心,现在还可以去找一找她们罢?大概她们都出嫁了。"

他一时非常悲惨,没有答应着什么话。以后又谈了一些别的,就分别了。

十三

这时,他不能不到蕙姑的家里去看一趟。他看一看他的表,时候已经八时,但他的良心使他非常不安,他就一直向蕙姑的家奔走来了。

他在她的门外敲了约有二十分钟的门,里面总是没有人答应。他疑心走错了,又向左右邻舍望了一望,分明是不错的。于是他又敲,里面才有一种声音了,"你是哪个?"

"请开门。"

"你是哪个?"

声音更重,听来是陌生的。他又问:

"这里是蕙姑女士住的么?"

"是。"门内的声音。

"请你开门罢!"

可是里面说:

"你有事明天来,我们夜里是不开门的!"

他着急了,说:

"我姓章,是你们很熟的人。"

这样,门才开了。

开门的是一位脸孔黄瘦的约三十岁的妇人。他们互相惊骇的一看,他疑心姑母不知到哪里去了,同时仍和以前一样,直向内走,立刻就遇见藐姑呆呆地向外站着,注视他。他走上前,疯狂一般问道:

"你是莲姑呢,还是蕙姑?"

"都不是!"

藐姑的眼珠狠狠地吐出光来。他说,狞笑的:

"那末你当然是藐姑了?"

藐姑不答。接着重声地问他:

"你是谁?"

"章——"

"谁啊?"

实际,她是认得了。他答:

"是你叫过一百回的章哥哥!"

"胡说!"

藐姑悲痛地骂了一声,涌出泪来,转向房中走了。他呆立了半晌,一时想:

"到此我总要问个明白。"

随即跟她到房内。藐姑冰冷地坐在灯下,脸色惨白。

· 220 ·

他立在她前面，哀求地说道：

"薇姑，请你告诉我罢！"

"什么？"

"你的蕙姊哪里去了？"

"哼！还有蕙姊么？你在做梦呢！"

"她哪里去了？"

他又颓丧地哀求着。薇姑冷冷的说：

"早已出嫁了！两年多了！"

"又出嫁了么？"

"谁知道你没有良心，离开了就没个消息。"

他一时也不知从何处说起，恍恍惚惚地呆立了一回，又问道：

"你的姑母呢？"

"早已死了！"

他随着叫：

"死了？"

"已经三年了！"

她垂着头答，一息又说：

"假如姑母不死，二姊或一时不至出嫁。但姑母竟为忧愁我们而死去了！姑母也是为你而死去的，你知道么？姑母临死时还骂你，她说你假如还活着，她做鬼一定追寻你！你昏了么？"

他真的要晕去了。同时他向房中一看，觉得房中非常凄凉了。以前所有的较好的桌子用具等，现在都没有了。

房内只有一张旧桌，一张旧床，两把破椅子，两只旧箱——这都是他以前未曾看见过的。此外就是空虚的四壁，照

着黝黯的灯光，反射出悲惨的颜色来。他又看了一看蕤姑，蕤姑也和四年以前完全两样了，由一位伶俐活泼的姑娘，变成了沉思忧郁而冷酷的女子。虽则她的两眼还有秀丽的光，她的两唇还有娇美的色，可是一种经验的痛苦不住地在她的全脸上浮荡着。他低一低头又说：

"蕤姑，你必须告诉我，你的两位姊姊眼前的生活究竟怎样？"

"告诉你做什么？"她睁一睁她的大眼。

"假如我能帮忙的时候，我当尽力帮忙。我到现在还没有妻子，也没有家，是成了一个漂流的人了！"

蕤姑抬起头来，呼吸紧张地说："告诉你，我姊姊的幸福，全是你赐给她们的！"喘了一口气，"大姊已经是寡妇了！姊夫在打仗的一年，因为逃难就死去。现在大姊是受四面人的白眼，吞着冷饭过生活。二姊呢，姊夫是一位工人，非常凶狠，品性又不好的，他却天天骂二姊是坏人，二姊时常被打的！今天下午又有人来说，几乎被打得死去！你想罢，我的二位姊姊为什么到这样？"

"蕤姑，是我给她们受苦的了！"

"不是么？"

她很重地问一句。他说：

"那末你呢？"

"你不必问了！"

"告诉我，你现在怎样？你还不曾出嫁么？"

"我永远不想嫁了！"

这样，他呆了许久，又向房内徘徊了一息，他的心苦痛着，颠倒着，一时，他又走近蕤姑的身前，一手放在她的肩上说：

"藐姑！请你看我罢！"

"看你做什么？"

他哀求而迷惑地说：

"藐姑，这已经无法了，你的两位姊姊。现在，我只有使你幸福，过快乐而安适的日子。藐姑，你嫁给我罢！"

"什么？你发昏了！"

她全身抖起来，惊怕的身向后退。而他又紧急地说：

"藐姑，你无论怎样要爱我！你岂不是以前也曾爱过我么？我求你现在再爱我。我要在你的身上，使你有姊妹们三位的幸福，将你姊姊们所失去的快乐，完全补填在你的身上！你的房内是怎样的凄凉，简直使我一分钟都站立不住，我从没有见过姑娘的绣阁是如此的。藐姑，你再爱我。你用你自己的爱来嫁给我，也继续你姊姊的爱来嫁给我！我知道你为什么不出嫁的理由，你还可以等待我。你很年轻，你不该将你的青春失去。我忘记你的年龄了，但一计算就会明白，你少我八岁，我今年是，是，是三十岁。藐姑，你为什么发怒？你为什么流起泪来？你的面孔完全青白了！藐姑，你不相信我的话么？我可对你发誓，我以后是一心爱你了！藐姑，你爱我，我明天就可以送过聘金，后天就可以同你结婚，不是草率的，我们当阔绰一下，拣一个大旅馆，请极阔的人主婚，这都是我现在能力所能做得到的。你爱我，不要想到过去，过去了的有什么办法呢？抬起你的眼儿来，你看我一看罢！"

同时，他将手扳她的脸去，她怒道：

"你发昏了么？你做梦么？请你出去！"

他继续说：

"蕤姑,你为什么怕我?你为什么如此对待我?我是完全明白的,我非这样做不可!我已得过你的两位姊姊了,我完全占领过她们;可是她们离弃我,从我的梦想中,一个个的漏去了!现在剩着你了,我的唯一的人,求你爱我,以你十八岁那一年的心来爱我,不,以你十四岁那一年的心来爱我,我们可以继续百年,我们可以白头偕老。蕤姑,我是清楚的,你为什么不答?你为什么如此凶狠的?"

"请你出去!"她站了起来。

"你为什么不说爱我?假如你不说,我是不走的。"

"你要在深夜来强迫人么?"

"断不,我还是今天上午到杭州的,我一到杭州,就想到你们了。现在你不爱我么?你不能嫁我了么?"他昏迷了,他不知道他的话是怎样说的。

"哼!"

"蕤姑,我无论怎样也爱你。你若实在不说爱我,我明天可以将你掳去,可以将你的房子封掉。但我终使你快乐的,我将和爱护一只小鸟一般的爱护你。你还不说爱我么?你非说不可,因你曾经说过的!"

"你不走出去么?"

"你想,叫我怎样走出去呢?"

"你是禽兽!"

同时,她一边将桌子上的茶杯,打在他的额上,一边哭起来。茶杯似炸弹在他的额上碎裂开,粉碎地落到地下。他几乎昏倒,血立刻注射出来,流在他的脸上。可是他还是笑微微地说:

"蕤姑,我是应得你打,这一打可算是发泄了你过去对我

的怨恨！现在，你可说句爱我了。"

她却一边哭，一边叫：

"张妈！张妈！"

一边用手推他出去，他这时完全无力，苦脸的被她推到房外。张妈自从他走进来，就立在门边看，现在是看得发抖了。她们又把他推出门外，好似推一个乞丐一样。藐姑一边哭道：

"你明天将我杀死好了！今夜你要出去，我的家不要你站！"

这样，他就完全被逐于门外，而且门关上了。

十四

他被她们赶出以后，昏沉地在她们的阶沿上坐了一息。以后，他不想回到司令部去，就一直向湖滨走了。

现在，他一坐一走地将他和她们的关系全部想过了。

这一夜，确是他八年来苦痛最深的一夜。血还是不住地流出来，似乎报仇他的回忆似的。这八年来的生活，梦一般地过去，他想，这好像一串罪恶。他看四年前的蕙姑，就是八年前的莲姑；而现在的藐姑，就是四年前的蕙姑。一个妹子的长大，恰恰替代了一位姊姊的地位和美，好像她们三姊妹只是一个人，并没有三姊妹。他计算，他和莲姑相爱的时候，莲姑是二十岁；他和蕙姑相爱的时候，蕙姑是二十一岁；现在的藐姑呢，正是二十二岁。她们不过过了三年，因此，他今夜还向藐姑求爱了！可是这时他想，他衰老了，他堕落了，以前的纯洁而天真的心是朽腐了！

莲姑成了寡妇，蕙姑天天被丈夫殴打着，她们的前途是完全黑暗的，地狱似的！藐姑呢，她不要嫁了，她的青春也伤破了！在他未和她们认识以前，她们的美丽与灿烂是怎样的啊？

人们谁都爱谈她们三姊妹，似乎一谈到她们，舌上就有甜味似的。那时她们所包含的未来的幸福是怎样的啊？她们的希望，简直同园丁的布置春天的花园一样；放在她们的眼前，正是一片异样快乐的天地。唉！于是一接触他的手，就什么都毁坏了！他简直是一个魔鬼，吸收了她们的幸福和美丽，而报还她们以苦痛和罪恶！

这样，他又想了一想；他低低地哭了。一边，又向草地上睡了一息。

他决定，她们的人生是被他断送了的，他要去追还她们，仍用他的手，设法地使她们快乐。

冷风吹着他的头，头痛得不堪，身体也发抖起来。于是他重又立起，徘徊了一息。东方几乎要亮了。

第二天很早，他头上裹着一扎白布，脸色苍白的，一直向蕤姑的家走去。她的家没有一个人，门也没有锁，景象显然是凄凉。于是他又向蕤姑的房内闯进去，脚步很响。

蕤姑还睡着，身上盖着棉被，她并没有动，也没有向他看。头发蓬乱的，精神很颓丧。她昨夜也整整哭了一夜，想尽了她的人生所有的灰色，但勇气使她这样做，她还是荣耀的。他呆立在她的面前，许久没有说出一句话。

蕤姑止不住，向他问道：

"你又来做什么？"

他慢慢地说：

"请你恕我，恕我一切的过去。我要同你商量以后正当的事，你必得好好地答我。"

"答你做什么呢？"

她怒气的。他萎弱地说：

"你必得答我，我昨夜思量了一夜，我非如此做不可。"

"你一定要娶我么？你又来使我受和我姊姊的同样苦痛么？"她说。同时在床上坐起来。他答：

"不，并不是。"

"你还想怎样做？"

他也坐下床边，眼瞧住她说：

"我要娶你的大姊。"

"什么呀？"

她十分惊骇的。他又说一句：

"我要娶你的大姊。"

"你以为我的大姊还和以前一样美丽么？你昏了！"

"不，无论美丽不美丽，我现在还是爱她。我当使用我的力量，叫你的大姊立刻和那家脱离关系。以后用我的手保护她，使她快乐。"

"你不知道我的大姊已经老了么？"

"没有关系，在我未死以前，她还应该得到快乐的。"

他悲哀地说了，两人沉默一息。一时，他又说：

"我也要使你的二姊和那位暴虐的工人离婚。"

"做什么？"

薇姑突然又惊骇了。他冷冷地说：

"自然也是这样。"

"怎样呢？"

"我娶她。"

"你也娶我的二姊？"

"是的，以后我也尽心对待她，使她快乐。"

薇姑冷笑了一笑说：

"你可以醒了！你不要再住在梦里了！为什么我的姊姊以前等你迎娶的时候，你连影子都没有了，现在却要来娶她们？你或想她们还和以前一样，对你实说罢，她们都老了，丑了，她们也再不会爱你，她们只有怨你，痛恨你，诅咒你！"

他冷淡地接着说：

"我只要使她们快乐，我去追回她们的幸福。事实已经布置好要这样做了，蕤姑，请你即速差一个人去，请你的两位姊姊，来，我们先商量一下，究竟愿意不愿意离婚。"

"你有这样的力量么？你能使我的姊姊离婚就离婚么？"

"我有的。"

"恐怕姊姊未必愿意嫁给你！"

"等待以后再说罢。总之，我这几年来，已有一万元钱的积蓄，我当分给你们三姊妹。"

"我不要你的，我发誓不要你的！"

房内静止了一息，他又说：

"蕤姑，你为什么这样说呢？你为什么如此怒气对我？事实已叫我如此做，非如此做不可了。人生是为快乐而生活的，莫非你们三姊妹就忍受苦痛到死么？你们以吃苦为人生的真义么？要吃苦，也不该吃这样的苦，这是由别人的指头上随意施给你们的。蕤姑，你仔细想一想，有你的勇敢和意志，你应得幸福的报酬的。"息一息又说，"我呢，这是我的错误。我因为要求自己的快乐，竟把别人的快乐拿来断送了。现在，我想做一做，竭力使你的姊姊们快乐，愿意自己成了一位奴隶。你懂得我的意思么？我娶了你的离婚后的两位姊姊，我的名誉恐怕从此不能收拾了，但我不管，我曾经要娶她过的，现在就非娶她不可。事实如此，我们也不必说空话了。"

说完，他垂下头去。她说：

"我不相信你的话，恐怕姊姊们也不相信你的话了。你自想，你四年前的态度比今日如何？你一离开我们，你就没有心思了。我的姊姊是愿意离婚，但不愿再上你的当。离了婚，你就不会把她们抛掉么？谁相信你！"

他摇一摇头又说：

"藐姑，请你不要如此盛气罢！你相信我，赶快叫你的两个姊姊来，我当以我的财产担保你们。我锈了的心，昨夜磨了一夜，请你照一照罢。"

他苦痛的用手托一托她的颊，她也随即转过脸来，两人仔细地对看着。

十五

三星期以后，莲姑和蕙姑脱离夫家的手续完全办好。当然，因为他使用了他的势力，法庭立刻判决了！一面又拿出两百元的钱来还给她们的夫家，好像赎身一样，夫家也满足，事情非常容易的办了。这期间，县长与师长们，却代他愁眉，奇怪，几次向他说："给她们两百元钱就是；为你着想，还是不判决离婚好些。"而他却坚执地说："为我着想，还是判决离婚为是，金钱是不能赎我良心的苦痛的。"

现在是一切手续办好的下午，在他的公馆内的一间陈设华丽的房内，坐着他和莲姑三姊妹。她们都穿着旧的飞上灰尘的衣服，态度冷淡而凄凉，精神也用得疲乏了似的。一副对于人生有些厌倦，从她们的过程中已经饱尝了苦味的景象，是很浓厚地从她们的脸上反映出来。年最大的一位，就是莲姑，这时坐在房角一把椅上，显然似一位中年妇人了。美丽消退了，脸上不再有彩霞般粉红的颜色，她的脸皮灰白而粗厚，两边两块颧骨露出来，两颊成了两个窝。眼睛特别的圆大，可是炯炯的光里，含着前途的苍茫之色，不再有迷人的闪烁了。坐在旁边较小的一位是蕙姑，她很似做苦工的女工似的。脸比前瘦长了，下巴尖下来，额角高上去。两眼也深沉的，似乎没有快乐，从此可以瞧着了。藐姑坐在她们对面的沙发上，也异常憔悴，好像病了许久一般。脸比她的姊姊们还青白，完全没有在她年龄应得的光彩。她们没有一句话，沉思着，似从她们的眼前，一直想到极辽远无境界的天边。

在她们的前面的一张桌上，放着一只银质的奖章，一只金质的戒指。它们都没有光彩，似埋葬在地底许多年了一样。

他坐在桌子的对面，房的中央。两手支着下巴靠在桌面上，似乎一切思路都阻塞了，简直想不出什么来一样。

他只有微微地自己觉着，他似乎是个过去时代的浪漫派的英雄。于是他慢慢地苦笑起来。随即，他抬头向莲姑问：

"依你的意思要怎样呢？"

莲姑也抬头苦笑地答：

"假如你还有一分真情对我的时候，请你送我到庵里做尼姑去。"

他又低下头去，一息，又抬起来，向蕙姑问：

"依你的意思要怎样呢？"

蕙姑也抬头凄惨地答：

"假如你还有一分真情对我的时候，请你送我到工厂做女工去。"

这样，他又静默了一息，向藐姑问：

"那末，你告诉我，你的意思要怎样呢？"

貀姑目光闪闪地答：

"我不想怎样，除出被男人侮辱的事以外，什么都会做，我跟我的两位姊姊。"

接着，他摇摇头说：

"我不是这样想，我不是这样想。"

于是他又站起来，用手去拨一拨戒指和奖章，吐了一口气，在房内愁眉地徘徊起来。

一九三〇年六月十六日

盗船中（独幕剧）

人物：

　　王谦益——青年学生。
　　李凤和——青年学生。
　　孙致远——青年学生。
　　张秀月——李之未婚妻。
　　匪首——一魁梧奇伟的人。
　　匪徒——十四人，和善凶恶不等。

时间：

　　现代或一冬天早晨。

地点：

　　海上。

布景：

　　一间轮船底房舱内，左右各两张床。王谦益、孙致远睡在高铺上，李凤和、张秀月睡在低铺上。当中有小桌一张，壁上挂着各人底衣服，一顶呢帽，热水壶之类。一盏电灯在房顶照耀着。

王　（向下对李）Hallo, hallo，什么时候了？你们还不醒吗？

孙　（翻身）天亮了，呀，天好像大亮了。

李　谁说天亮？全船还是静静的。你们可听见外面有讲话声音吗？你们真比雄鸡还会啼，这么早就吵，吵！

王　哈哈，密司张，你听你未婚夫底话？——他是闭着眼睛说话的。

张　（醒着，轻笑，不语）

李　你们听，船还没有进港呢。要是大风不客气，还可以使你呕吐一下。看你会不会这么早就吵。

孙　让我看一看我底表罢，它是时间底公证人。（从挂在壁上的长衣袋里摸出表来，吃惊地一看）风和，我表底短针到哪里去了？只有一枚长针，是指着六点半。

王　（向孙，对床取过表）让我看。你们真的还在做梦，短针叠在长针底下呢！

李　随他去罢，我是还想睡的。

王　你们俩昨夜不知闹到什么时候睡的，所以天亮还起不来。何必夜夜要谈天谈到这么迟？新婚底快乐还未来呢！

张　不要拉拢我了，王先生！你们一早就斗嘴，老鸦一样的。

孙　为什么船内一些没有声音呢，要是六点半的话？船好像没有走，拍着的浪打来底声响，莫非到埠头了吗？

王　说不定，要如个个像你们死一般的睡去。

李　茶房是不会不要他底小账的，你们何必这样着急。

孙　奇怪，为什么船内一些声响也没有呢？天一亮，统舱底客人一定老早就起来的。

张　灭了电灯，打开窗幕罢。

孙　对的。（掀开窗幕）

〔一个执枪的黑脸可怕的人站在他们底窗外，好像管守他们底门。〕

孙　（向外一瞧，立刻畏缩起来低声）谦益，你看窗外站着的是什么人？

王　（也向窗外一望，轻轻地）奇怪，什么事？

李，张　（一齐坐起，慌张起来）什么事？

王　一个拿枪的人，管守我们底门外。

李，张　拿枪的人？

王　轻些，我们起来罢。

张　（也向窗外一望，立刻脸青，颤抖地）风和哥，那末我们怎样呢？

〔各人穿衣服，低语。〕

李　大概是丘八老爷来封船了。岂不是又谣传要打仗了吗？

王　一定的，来封船的。莫非我们底狗运会这么坏，碰着丘十大爷吗？

孙　我们该预备一下，开一个会议，商量怎样对付的方法，假如是丘十的话。

张　致远哥，是土匪了。封船不会这么静，静到连我底心都抖起来了！

王　呀，我们又不是司令官，为什么要门外站着一个扛枪的人？

孙　那末我们赶快开一个会议，商量对付方法：什么应该藏起来，什么随他抢去就算。

王　应当将密司张先藏起来。风和，你发呆做什么？不保护你底未婚妻？

张　王先生，再过一刻，他们底枪头要撑开你底口子了。

李　秀月，不要和他讲笑话。将你底结婚戒指丢入痰盂里罢。

孙　这样是不对的，我们应该开个会，想个万全而又具体的对付方法才好。

〔话未完，匪首与匪徒二人上台，各有手枪。〕

匪首　你们是账房不是？

王　（胆怯地）不是，不是。

匪首　你知道账房在哪里。

王　（稍稍胆大地）账房总是在船头，或者船尾的。

匪首　你们有鸦片吗？咱们奉师长底命令，来搜查鸦片的。

王　没有，没有，先生，你弄错了，我们是学生，也是反毒会底会员。

匪首　干吗，反毒会？

王　（和气地）我们都是不吃鸦片的。

匪首　（向房内四顾，一笑）你们有手枪吗？

王　手枪？哪里来的手枪呢？

〔余二匪向床铺上搜查。〕

匪首　咱们走罢。

〔三匪下。〕

张　风和哥，他们说搜查鸦片的。

李　我们底结婚戒指已经丢入痰盂里了！

王　可疑的，他们底样子可怕的很。为什么问我们手枪，而且搜查我们呢？

孙　这里究竟是什么地方啊？你们瞧一瞧外边的山。

王　我们以前好像从没有经过这个洋面的。

李　天气像在发雾，模糊得很。

孙　那末我们再开一个会议罢。他们还没有去，再来问鸦片手枪怎样？

李　举老王做全权代表罢。

王　要是再来，是你们招待了。

孙　来了，风和！

〔又三匪登场，一匪执手枪。〕

匪一　（凶声问）你们有钞票吗？

孙　（颤声）钞……票？

匪二　快些拿出来，咱老子向你们借些！

孙　我，我们，是学生，放年假回家的，哪里有钞票。

匪一　快拿出来，免得咱们动手。

王　好，好。（立刻将皮夹递给匪）我们只有这点盘费。

〔孙，李也都交出皮夹。匪——倒出钱来，钱并不多，空皮夹抛入海里。〕

匪三　你们底样子是商人，一定还有钱的。

王　（恳求地）我们实在都是穷学生。

孙　我们实在都是穷学生。

匪一　你们交出金戒指来，学生少爷都有金戒指的。

李　（颤抖）金戒指？我们实在是穷学生。

〔这时三匪拿去他们底手，看了。〕

匪二　（向张秀月）女人会没有金戒指的吗？

张　（半哭）没有！

匪三　你们一定有金表的！

孙　金表？是有一只铜的，也走一天歇一天的。

〔交表给匪，匪一看不要。〕

匪二　饶过罢，咱们去别家罢。

〔三匪匆匆下场。〕

王　好，现在总算过了关口了。损失三四块钱，谢谢天！

孙　轻些，窗外的那人还站着呢。

张　风和哥，我心吓碎了！

李　你多穿一件衣服罢，你抖得太厉害了！

〔张秀月开箱，拿出一件皮衣，穿上。〕

张　什么时候会到家呢，王先生？

王　我想总不会到明天的罢？鸦片，手枪，钞票，金戒指，都问过了。

孙　（向王呶一呶嘴，叫他不要响。）

〔接着又四匪登场。〕

匪一　（匆忙地）你们有手枪吗？

匪二　（狼视地）你们有钞票吗？

匪三　（贪鄙地）你们有袁世凯吗？

孙　我们都是穷学生，有几元钱，也早给你们拿去了。

匪二　怎样的人拿去的？岂有此理！

王　一位身子很胖的。

匪一　团长，团长。

匪四　你们还有金戒指吗？

李　实在没有了。

匪三　搜！搜！打开箱子！

〔李，王，孙都无法地去开自己底皮箱。〕

〔匪等一手执手枪，一手翻衣服与书籍。〕

匪一　（从箱底摸出一块银牌，急忙塞入衣袋中，一时又取出一看）你们是做官的吗？这是什么？

孙　不，这是我们文章做第一的奖章，送给你罢。我们实在是学生，你看书好了。

匪一　（勃然大怒）叫咱老子去读嘛书？（举起手枪照着致远的胸膛示威）

孙　（战栗）我，说错了。

〔张秀月昏倒在床上。〕

匪二　饶过他罢。

匪三　搜一搜他们底身边。

〔一匪将王底大衣剥下，穿在他自己身上。一匪就将孙底布袍剥下，同时拿去他底手表。〕

匪四　（喝张）喂，起来，搜！你们女人身上有宝贝的！

张　（流泪，哀求）饶过我罢！我没有东西！饶过我罢！

匪四　你们女人身上有宝贝的，给咱们摸一摸。

李　（昏沉地）你们修修好罢！

〔另一匪登场，向余匪警告。〕

匪五　（高声）师长有命令！勿拿客人的东西！勿拿客人底东西！

〔又匆匆下。〕

〔一匪还孙布袍。〕

匪一　咱们走罢！（同时将壁上挂着的王的呢帽取去，将他自己底西瓜小帽换上）

〔四匪下。听到笛声，管门的匪亦下。〕

王　总算告一段落了罢？我连气都不敢喘了！

张　（流泪）风和哥，我吓死了！

孙　（穿袍子）我已经死过一回了，天呀！

李　轻些，我为你们吓得要命。现在也来查一查损失些什么。

孙　船内底空气还紧张得很，暴风雨还没有过去哩！天呀，莫非要我死在海上吗？我觉得这船好像一只老虎，我在虎口里面呢！

王　镇静一点，还有什么办法？跨出一脚就是海，所谓"三步以外见阎王"的地方。

孙　（喃喃地）假如方才他底手指一攀，此刻我在哪里呢？血泊中，血泊中！

张　（哭）风和哥，我要自杀了！给我跳了海里罢！

李　好妹妹，不要这样，平安了。

王　镇静一点，没有什么了，浪过去了。

张　我心已经破碎了！我一刻也不能留在船上。

李　好妹妹，不要这样罢，这次的回家，是为了你才乘这船的。

张　（流泪）那末让我跳海好了！

王　镇静一点！让我们吸一支香烟。所谓共患难，正是这种地方。

〔二匪上，衣服破烂，没有手枪类似乞丐。〕

匪一　不错，所谓共患难正是这种地方。（环顾室内，将壁上西瓜小帽取去，以他自己底一顶水手帽给王。王即戴上）

匪二　那顶给我罢。（又拿去王头上底，以他一顶破的给王。王亦戴上）

匪一　先生，你们还有钱吗？

王　一个也没有了。请你们吸两支香烟罢。（递烟给匪，又给匪点上火）李，你也吸一支吗？

李　（摇头）不要。

〔二匪坐下，泰然。〕

匪一　你们有袜吗？我三年没有穿过袜了。

王　（稍滑稽地）我脚上有两双，送你一双罢。（口里含着香烟，同时脱下一双袜，匪微笑拿去，塞在怀内）

匪一　你们都是先生吗？

王　我们都是学生，读书的。

匪一　这位女的也是先生吗？

王　她也是初到外边读书的。

匪一　受惊，受惊。小姐，你要原谅，我们做这行是没法的。（吸两口烟）先生，你们有皮鞋吗？

王　皮鞋？要末我这双送给你。我网篮里还有一双破鞋，是带回家叫老娘给我补上再穿的。

匪一　不要，不要。先生，出门人客气些总不吃亏的。

王　你们还在船上做什么？

匪一　听说还没有缴清。

王　还没有缴清。

匪一　我们这次是想劫鸦片的。

〔各人吸完烟。〕

王　你们这次有多少兄弟？

匪一　大概二百个。

王　你们底师长姓什么？

匪一　我们底头脑？

王　是，姓什么？

匪一　姓刘。先生没有香烟了吗？

王　对不起，没有了。

匪一　我请先生吸一支罢。

〔匪拿香烟给王，点上火。房内空气，至此转和。〕

王　你也知道这里是叫做什么地方？

匪一　我也不知道，我是第一次跟他们来的。先生，这里有茶吗？

孙　（活泼一些）有，有。（拿一杯来倒茶）

〔这时外边一排枪声，个个脸变色。〕

匪一　（匆忙地）我们要回去了。

孙　喝了茶去罢。

〔王等探头向门外。〕

匪一　这只小皮箱送送我罢。

〔匪一拿小皮箱，匪二一言不发地拿去壁上热水壶。二匪同下。〕

〔叫（哨）子声音大吹。〕

〔李，张呆坐着，房内静寂一息。〕

王　他们好像去了，枪声是临走示威的，不是打仗。

孙　他们去了，船内声音渐渐起来了。

李　我什么东西也完了！只剩痰盂内……

王　（立刻掩住他的口）万一还没有去完呢？听你说个明白。

李　你真是老奸巨滑，所以和匪会谈天。

〔稍停片刻，船内大哗声。〕

张　凤和哥，我底一件皮袄也拿去了。

李　预备新做罢。

孙　还好，还好，我总还算留得最要紧的东西在。

李　你留得什么呢？

孙　你也留得的。不知船上如何？这班野牛！

王　他说的是性命呀，可是他俩却比性命还要紧的东西也留着呢！

李　（在痰盂内捡出结婚戒指）可是我们底戒指弄污秽了。

王　我却换得一顶破水手帽，那个可怜的小角色。

张　王先生，我身子吓软了，什么时候会到家呢？

王　听汽笛罢，这只盗船。

〔同时汽笛呜呜，船起锚了。〕

——幕落——

一九二九年三月十二日

革命家之妻（独幕剧）

人：

  青年——奔走革命的。

  其妻——贤良的妇人。

  其子——周岁。

时间：

  近年。

地点：

  穷家夫妇底房间。

  青年 （苦闷地，失败地，在房内走来走去。许久没有话）

  其妻 （抱着睡熟的小孩，坐在床边）你也该安静一下，你又为什么呢？你总是这么心烦意乱的，说到家事就皱眉。那我们以后究竟怎样下去呢？

  青年 因为以后下去是艰难，所以我总不愿谈到家事。

  其妻 商量一下罢。

  青年 怎样商量呢？用什么来商量呢？商量一下，肚子就不饿了吗？

  其妻 你为什么呀？你痴了吗？不商量肚子还是要饿的。

  青年 依你怎样呢？

  其妻 （默想片刻）我岂不是同你说过吗？沈叔那里借来的钱，明天到期了。他十天前就对我催过，他是料到我们到期了还不出的，好叫我们早些预备。他说得多少动听，明天他要送他侄女儿出嫁，本钱必定要还的，利息呢，可以再延一延，将来再算利息好了。这样利上加利，我们被他盘剥得起吗？

青年　盘剥得起也罢，盘剥不起也罢，他们在不久的将来，总有铲除的一天！眼前呢，我不想还了。

其妻　（惊骇地）不想还？

青年　是呀。

其妻　你要做一个赖债的人吗？

青年　没有办法使我不赖债！

其妻　（含泪）你也该醒一醒了。你为什么惯是这样，和做梦差不多！赖了一次债，你下次还能借到钱吗？那我们饿得没饭吃的当儿，怎么办呀？况且赖债的人，还有谁看重你？你是读书的，你为什么糊涂到这样？

青年　我不糊涂。因为现在的读书的青年，是要有做社会底仇敌底本领。

其妻　不要说罢，说这些做什么呢？（含泪）就是债，你不想法还，我也得去想法，向别家再去借来，转一转身才好。

青年　没有人肯借给你了，怎么办呢？

其妻　不会的，放债的人是贪利息的，利息重些，一定有人愿借。

青年　（走到其妻底面前，感激地）亲爱的，为什么要这样做人？你……你……你太苦了！你这样做人太苦了！

其妻　（一手抚青年底发）你不用管，这让我去办罢。

青年　叫我死了心让你去办吗？

其妻　不必说这件事了。这是件明天底事，今天夜里，我们怎么样呢？

青年　（伏在他妻膝上，悲泣地，无言）

其妻　米是没有了，番薯粉我已经磨好。不过你应该吃饭，你怎么能常常吃粉呢？还是让我去借一升米来罢。

青年　你，亲爱的，我们同患难，让我们一块儿饿死罢！

其妻　你怎么像小孩子一样？你忘记你是男子了。

青年　记着的，记着的！因为我自己记着我是一个有为的青年，所以几年来奔走革命，不管家事了。现在，我还没有死于革命，但我要死于饿死了！何日是我们翻身的日子？穷人快乐的日子？你从来就没有穿过好的衣，你底结婚的一件缎袄，只在结婚的那一天晚上你穿一穿，第三天就送上当铺去了！我记着的，到现在……（走来走去，演说一般）

其妻　不要说了。你总是说空话的。现在，趁孩子睡着，我去借一升米来。

青年　同吃番薯罢！

其妻　（苦笑）你吃吃番薯原也无妨，你是不知道苦的。你底讲话就现出你没有吃过深的苦的样子来。可是孩子，因为我几天来没有一滴奶，夜夜是哭。今夜，该烧些粥放好。孩子不冷不饿是不哭的。（一边将睡着的孩子，放在床上。青年还要讲话的样子，她没有留心他，蹙着眉）我借到米就回来，你不要跑开罢。（下）

青年　（独自走来走去，兴奋地，激昂地，愁苦地）这样，这样，这样算是什么家庭呢？这样，这样，这样算是什么人生呢？唉！求我解决一边罢！（气急地暂停）我是一个革命的青年，我是要将这个黑暗的世界打个稀烂的。但，家庭这样，也让我去自由牺牲吗？妻无衣，子无食，我忍得她们过这样地狱里的生活吗？我去争光明，可是我的妻子却在我身后被黑暗弄得冻死饿死了！唉，叫我怎样呢？救妻子？救社会？我底早年的梦，——一个人应该做比牺牲于家庭大一些的事业的活，我又从哪里去做起呢？但是，我屈服于妻子么？革命家是没有妻子的！但是，叫我怎样呢？叫我忍心离开她们，让她们去冻死饿死么？唉！天呀，给我解决罢。（他就向破衣橱底后面，摸出一支手枪来。指抚着手枪上，一时举起，做要向他自己底额上打去的姿势。同时又放下，垂头丧气）吓！我是不愿自杀的。自杀了一个我，就少了痛恶社会底一个敌人，让社会底恶增长一分势力了。我要去战斗！我要去复仇！我誓要扫荡人间底黑暗！我底责任，我是用颤抖的手，画花押在生命流血的簿上了！出发，前进，是我底口号！瞄准敌人底额放枪，是我底没有怀疑的动作了！（倾听）她回来了；可怜的人回来了。手枪，给我勇敢一些。（手枪放入裤袋里）

其妻　（上，同时看见他底手枪）你又拿出这个来做什么呢？你昨夜岂不是对我发誓，不再玩这个了吗？

青年　我是骗你的，因为你哭。我不怕见敌人底血，我只怕见女人底泪。

其妻　（凄然）收起来罢！亲爱的，又拿出这个来做什么呢？

青年　（简直兴奋到失了知觉，高声）我，我想杀人了！

其妻　（痛苦之极）疯了吗？要杀谁呢？

其妻（气促不语）……青年　要杀沈叔吗？

青年　（气急，摇首）

其妻　要杀李嫂吗？她已经借我米了。虽则只有半升，但她说她自己也没有几斗了！

青年　不是。（又从裤袋内拿出手枪来）

其妻　（跑到他前面）那末要杀谁呢？

青年　（眼凶凶地）就是……就是想杀你！

其妻　杀我？（几乎昏倒。力弱地，呜咽）为什么呢？你，为什么呢？

青年　（喘不上气地）因为你太苦了！苦得使我也活不下去了。

其妻　不，亲爱的，我要活！我要活！（大哭，坐在床边）

青年　你过这样天天愁的借的生活，也算得做过一生吗？

其妻　亲爱的，我要活，我要活！（伏在床上）

青年　你要知道，因为我爱你，所以我要杀你。和我恨仇人，要杀仇人，意思是两样的！（走近床边）

其妻　不，亲爱的，我要活！

青年　你自己想罢！你这样忍得苦做人，有什么快乐呢？我是想到你底一生，好像判了无期徒刑，关在地狱里一样，我为减少你底苦痛，所以想给你杀死。死，梦一般地……你可知道。

其妻　亲爱的，我要活！

青年　那末，还有一条路。……让我死罢，让我自杀罢！我总不愿看你这样冻死，饿死！

〔同时青年立刻举起手枪，瞄在他自己底眉角上。〕

其妻　（大叫）天呀！救救罢！（冲到青年前面）你疯了吗？

〔同时，床上小孩被吵醒，大哭。〕

其妻　（牵着青年底臂，流泪，好像没有听到孩子底哭声）亲爱的，你今夜为什么这样？我知道你不能吃一餐番薯粉。但我已经借得半升米来了。你为什么专想到死？

青年　（拥抱她——小孩仍在床上大哭）我没有办法了。这样，我是活不下去了！

其妻　（伏在青年臂上）亲爱的，就是死，也该仔细商量一下。还有这造孽的小孩。我们到万不能过活的时候，我们应该商量一下，究竟你死，还是我死，还是我们三人一同死！

青年　（手枪落在地上，无言）

其妻　譬如我死了，小孩怎样呢？你告诉我！

青年　（离开他妻，退到橱边）穷人的儿子值钱吗？

其妻　（走到床边，抱起小孩，流泪）那你任他饿死吗？

青年　（顿足）唉！

其妻　（给小孩乳，小孩啜着空乳，仍哭）亲爱的，那让我死罢！将小孩送给李嫂罢！李嫂是喜欢这个小孩的，她还没有儿子，就将这个给她养罢！她总也不再要我们还债了。

青年　不必说债，我们底生命就是被她们底放债换去的！

其妻　不，我们却是命中注定苦的。我做人也做完了，冻也冻过了，饿也饿过了，苦也受够了，现在，你打死我罢！我明白了，我愿意死了，亲爱的！我活着还想什么呢？靠你做官吗？靠儿子发财吗？我还望快乐的日子吗？亲爱的，我明白了，你打死我罢！孩子也挨不起饿，此刻我奶一滴也没有，他总是哭！他很饿了，叫我用什么法子使他不哭呢？好，还是送给李嫂去罢，不致这样挨饿的！我死了，小孩还可以不饿，我为孩子的缘故，我愿死了！亲爱的，你打死我罢！你为什么站着不动？拾起手枪来，走近我底身边，亲爱的。（泪如水地流）

青年　此刻又叫我怎样发这个狠心呢！（垂头饮泣）

其妻　亲爱的，勇敢些！打死我罢！我一月前因为讨债的很厉害，也起过吊死的念头的。我当时还自笑愚蠢，自骂吃不起苦！现在，我明白了！我活着还求什么？我虽想自己有夫有子，但尝一世苦味是什么呀？此刻孩子闹得我好苦，你底见解不错的，亲爱的！

青年 （走近床）亲爱的，我明白了，我们忍得起苦来罢！我们底敌人未死，我们是不能死的！我们死了，给敌人太便宜了！我们吃一吃苦，和敌人奋斗罢！（吻她）

其妻 亲爱的，我不想活。

青年 现在没有死的理由，我明白了！虽则我很愿意我们三人同时死！

其妻 亲爱的，我不想活。

青年 （又吻他妻子）你也愿这毫无知识的儿子死吗？

其妻 将他送给李嫂。

青年 用我们底宝贝送给敌人吗？

其妻 你说过，穷人的儿子不值钱的！

青年 （无语，又吻他的妻。一息）我们使他值钱罢！

其妻 亲爱的，我此刻不知怎样，我不想活了！这样的日子我过不去了！你去拾起你底手枪来罢！

青年 （决然）不，我明白了，我们没有自杀的理由，在敌人还未需要我们底性命的时候！我底手枪是用来打敌人的，打你无罪的人吗？我爱，你想一想！

其妻 （力弱地）孩子哭怎样呢？我不想活。我去拾手枪来罢！

青年 那末，让我去拾。（悲哀地）亲爱的，我们试一试罢！（走到中央，拾起手枪来，抚摩着）

——幕落——